だから、俺にしとけよ。

まは。

STARTS
スターツ出版株式会社

カバー・本文イラスト／奈院ゆりえ

「俺にしときなよ」
その言葉と同時に突然唇を奪われた。
「伊都(いと)ちゃんかわいすぎ」
「え、もしかして俺のこと好きになった？」
そんな言動には騙(だま)されません！
「俺、本気だから」
でも、胸が高鳴るのはなんでかな？
そんなとき……。
「こいつは俺のもんだから、手出すなよ」
「伊都は渡さない」
大好きな幼なじみに変化が……!?

「ずっとこのままなのかなぁ……」
相崎(あいさき)伊都
×
「伊都ちゃんからかうの好き」
入谷(いりや)志貴(しき)
×
「昔から俺がいないと何もできないな」
持田(もちだ) 京介(きょうすけ)

マイペース男子 vs クールな幼なじみ。
甘くて切ない三角関係。
この恋の行方は？

だから、俺にしとけよ。
登場人物紹介

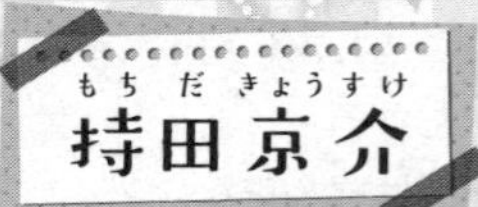

伊都の幼なじみ。特定の彼女は作らない遊び人。両親の離婚で心の傷をもつ。

?

まつかわ
松川ひろ

伊都のクラスメイト。京介のことが好きな気持ちがつのりすぎて、伊都に嫉妬するが…。

いりやしき
入谷志貴
イケメンで入学早々人気者に。女子と仲がよくチャラいが、一途な一面もある。
あいざきいと
相崎伊都
人見知りでひっこみじあんな高校1年生。幼なじみの京ちゃんにずっと片想いしている。
いまいあゆみ
今井歩美
サバサバした性格で、男女問わず友達が多い。伊都の悩みを聞いてくれる親友。

☆contents

1章

隠している気持ち 10
集団合宿実行委員 21
幼なじみと人気者 33
ドキドキの登山 43
幼なじみと女の子 55

2章

クラスメートの本気 70
近づく距離 85
複雑な関係 99
変わりゆく心 113
すごく大切な人 132

3章

ふと思い浮かぶ人 148
変わっていくもの 162
悩む時間 171
やっぱりヒーロー 180
変わる関係 190

最終章

叶ったはずの想い　204
幸せになって　215
もう迷わない　226
本気の恋だから　233
君と恋の予感　241

番外編

リスタート　250
これからも２人　270

あとがき　286

1章

隠している気持ち

「京ちゃんおはよっ！」
　玄関から出てきた京ちゃんこと持田京介と顔を合わせるなり、すぐに笑顔で挨拶をする。
　京ちゃんとは家が隣の幼なじみで、生まれたときからの付き合いなんだ。
「ネクタイおかしい」
「えっ？」
　目の前まで来た京ちゃんは、手を伸ばして私のネクタイを結び直してくれる。
　自然と体が近くなりドキドキとうるさくなる心臓。
　それを、目をつぶって抑える。
「できた。ちゃんと結べるようにしときなよ」
　キュッと締めてから、優しくほほ笑む。
　すごく、幸せだなぁ……。
　京ちゃんの笑顔に私の頬も緩む。
　そして２人並んで歩きだした。

「ネクタイって本当に難しいね」
　隣を歩く京ちゃんを見上げながら話しかける。
　私は相崎伊都。
　１週間前に高校１年生になったばかり。
　まだブレザーを着ている自分に少し違和感。

中学のころはセーラー服だったから。
そして念願のブレザーは、ネクタイを結ばなくてはいけないんだ。
制服自体はかわいいからお気に入りなんだけど。
「勉強より簡単だって。それでよく高校受かったね」
「京ちゃんが勉強を教えてくれたおかげだよ」
家からいちばん近い高校。
制服はかわいくて有名だし校舎はキレイだから、志望者がたくさんいて必然的にレベルが高くなっているんだ。
「部活は決めたの？」
「帰宅部」
「えーそれ、部活っていうの？」
他愛(たわい)もない話をしながら、京ちゃんと学校に向かう。
学校が近くなると、同じ制服を着た生徒が増えてきた。
京ちゃんは女子生徒から熱い視線を集めている。
そりゃそうだ。
京ちゃんは本当にかっこいいんだから。
身長は176センチと男子の中では平均より少し高いかなってくらいだけど、顔は整っているし頭はいいしクールなところもまた魅力的なんだ。
非の打ちどころがない完璧(かんぺき)な男の子。
そんな京ちゃんと幼なじみな私は、すごくラッキーだと思う。
幼なじみじゃなかったら、きっと京ちゃんと私は一生話すことはなかった。

それくらい、私たちは正反対。

「クラス緊張する……」

「もう１週間たっただろ」

「でもまだ慣れないよ」

私は人見知りなほうだから、自分からはなかなか話しかけに行くことができない。

６クラスある中で、私は１組、京ちゃんは６組だから端と端になってしまった。

京ちゃんのいない教室に行きたくないよ……。

「伊都なら大丈夫。だから頑張れ」

「……うん！」

京ちゃんに大丈夫って言われたら、すごく安心する。

本当に大丈夫な気がするなんて、私は単純かな。

私が笑顔で頷くと、温かい大きな手で頭を撫でてくれた。

そのおかげで、なんでも頑張れるパワーがどこからか湧いてくる。

「じゃあな」

「またね」

小さく手を振って、お互いの教室に向かう。

高校でもこうやって京ちゃんと登校できるなんて幸せすぎる……！

幸せに浸りながら教室に入る。

席は出席番号順になっているため、私は廊下側のいちばん前。

相崎だからいつも出席番号は１番で、今まで２番でさえなったことはない。
よく当てられるし、１番って何かと不便なんだよね。
薄いピンク色のリュックを机の横にかけてからイスに座ると、すぐに横のドアからクラスメートが入ってきた。
「あ、伊都おはよ」
「歩美(あゆみ)ちゃん！　おはようっ」
私を見るなり、挨拶をしてくれたのは今井(いまい)歩美ちゃん。
歩美ちゃんとは中学３年生で同じクラスになったのをきっかけに、今ではいちばん仲よしの友達になった。
京ちゃんとクラスが離れても、歩美ちゃんと同じクラスになれたから本当によかった。
歩美ちゃんがいなかったら、人見知りの私はどうなっていたことか……。

歩美ちゃんは茶髪のボブが特徴で、目鼻立ちがしっかりしているキレイ系の美人さん。
サバサバした性格で、男女問わず人気なんだ。
そんな歩美ちゃんが私と仲よくしてくれているなんて、ほんと夢みたい。
「えへへ～」
「いきなりどうしたの」
「歩美ちゃんがいてくれてよかったなぁって思って」
「伊都ってほんとかわいすぎるわ。ヘンな男が寄りつかないようにしないと」

「どういうこと？」
「しっかりした人じゃないと認めないってこと！」
　聞き返しても意味はイマイチわからなかった。
　そうこうしているうちに、授業がはじまるみたいで会話は中断された。
　入学式の次の日にあった自己紹介でクラスメートの顔と名前はだいたいは把握済み。
　１回でもいいから全員と話してみたいな。

　私の中で目標を決めて、今日も少し緊張しつつまだ慣れない高校生活をすごす。
　けど、歩美ちゃん以外になかなか話しかけられず今日が終わってしまう。
　また明日、頑張ろう……！
「伊都、あたしはバスケ部を見に行くけどどうする？」
「私は家庭科部の見学に行ってくる」
「そっか。じゃあまた明日！」
「うん、またね」
　そう言うと、歩美ちゃんはさっさと教室を出ていってしまった。
　歩美ちゃんは、中学でもバスケ部。
　そして高校もバスケ部に入るみたいで、本当にバスケが好きなんだなって伝わってくる。
　歩美ちゃん、運動神経抜群だもんなぁ。
　なんて思いながら、私も帰る支度をして教室を出る。

家庭科室ってどこだっけ？

キョロキョロしながら長い廊下を歩く。

学校案内されたはずなのに、まだ正確な場所を覚えきれていない。

たしか、こっちのほうだった気がするんだけど……。

そんなあいまいな記憶で行くと、なぜか別棟と本棟を繋ぐ渡り廊下に来ていた。

ここは絶対違うでしょ！

そう思い引き返そうとしたとき、話し声が聞こえてきて反射的に足を止める。

だって……、

「京介くんっていうんだぁ。大人っぽいね」

甲高い声で私の知る名前が聞こえたから。

京介くんってもしかして京ちゃん？

気になって、声の聞こえたほうを見る。

そこには体を密着させた男女。

女子のほうが男子の首に手を回している。

その男子は後ろ姿だけど、生まれたときから一緒だからわかる。

……京ちゃんだ。

「後輩に目をつけるの早くないですか？」

「いいの。京介くん慣れてるみたいだし、ね？」

先輩が色っぽく不敵にそう言うと同時に、２人の影は重なった。

それを見た私は急に体が重くなり、その場から動けなくなる。

　女の先輩の甘い声がここまで届く。

　京ちゃんのキスシーンを見るのは、何回目だっけ？

　今まで何十回と目撃したことがあるはずなのに、私の胸はズキッと痛む。

　見たくないのに２人から目が離せない。

　京ちゃんは中学２年生の夏休みくらいから、女の子で遊ぶようになった。

　特定の子は作らずにとっかえひっかえ。

　毎日違う女の子を家に連れ込んでいるのを、私は自分の部屋から見ていた。

　そうなってしまったのには理由があるんだけど、私には苦痛でしかなかった。

　どうにかして京ちゃんの気持ちを少しでもラクにしてあげたいと思うけど、私は幼なじみという立場でそばにいることしかできない。

　本当は、ずっと前から……。

「へぇ～、好きなんだ？　あいつのこと」

「え!?」

　突然、後ろから声が聞こえて、勢いよく振り返る。

　そしてすぐにまた京ちゃんたちを見るけど、こちらには気づいていないみたいで少しホッとした。

「どうなの？」

　私の隣に来て、顔を覗（のぞ）き込んでくる。

　同じクラスの入谷志貴くんだ。

長身で明るい茶髪を左だけ耳にかけていて、そこからは赤いストーンのピアスが覗いている。

かっこいい顔にじーっと見つめられ、思わず固まる。

「伊都ちゃん」

「……」

「あれ？　名前、伊都ちゃんで合ってるよね？」

「……あっはい！」

入谷くんと話すのは初めてで、どう返せばいいのかわからなくなっちゃった。

それプラス、いきなりの名前呼びで戸惑うのは当然だ。

クラスでも目立っている入谷くんは入学式当日に覚えたくらい。

そんな人がなんでこんなところに？

「とりあえず、場所変えようか」

私と目を合わせて少しだけほほ笑むと、少し強引に手を取り有無を言わせぬまま歩きだす。

そのまま近くの空き教室に入った。

ドアを閉めてから私に振り返り、向かい合う形になる。

この状況は理解できないけど、あの場から連れだしてくれて助かった。

じゃないと今も見たくない光景を見て、苦しかったと思うから。

「で、さっきの質問。あの男のこと好きなの？」

「なっなんでそんなこと聞くんですか……？」

「伊都ちゃんが熱い視線を送ってたし、今にも泣きそうだったから」
　ニコッとほほ笑みながら言う入谷くんは、私が困っているのを楽しんでいるみたい。
「好きなんでしょ？」
　もうわかっているくせに、私の返事を聞こうとする。
　私の気持ちに気づいたのは入谷くんが初めて。
　京ちゃんはあんなだから、ずっと隠していた。
　伝えたらそばにいられなくなると思って。
「ずっとこのままなのかなぁ……」
　隠していた気持ちを当てられて、我慢していた涙が溢(あふ)れだす。
　誰にも気づかれたことなかったのに。
　兄妹みたいな幼なじみとして、接していたから。
　本当はずっと、１人の男の子として京ちゃんが大好きだったのに……。
「うっ……ふぇっ……」
　次から次へと溢れだして止まらない。
　涙を拭うけど、まったく追いつかない。
　京ちゃんが他の子と絡んでいるのを見るのは嫌だ。
　私じゃない人が隣にいるのは嫌だ。
「伊都ちゃん」
「やっダメ……」
　顔を覆っていた手を入谷くんに掴(つか)まれる。
　涙でグチャグチャな顔を見られたくなくて拒むけど、入谷くんは私の手を簡単にどかしてしまう。

手が顔から離され、思いのほか至近距離の入谷くんと目が合った。
「俺にしときなよ」
その言葉が耳に届いたときには、すでに唇に温かくて柔らかいものがそっと触れていた。
私の視界は、入谷くんの伏し目がちな顔でいっぱいになっている。
え……これって？
私が理解するよりも早く離れて、楽しそうな笑顔を向けてきた。
「そんな泣くくらいなら、俺にしたらいいよ。辛い恋なんてするだけ無駄」
ボーッと入谷くんの言葉が流れていくのを聞きながら、自分の唇に触れてみる。
涙は入谷くんのせいで一瞬にして引っ込んでしまった。
やっと理解した私は一気に顔が熱くなる。
そして、この感情をどう表せばいいのかわからなくて、アタフタしてしまう。
「な、なんでこんなことするん、ですか……っ！」
キス……ずっと京ちゃんだけを見てきた私は彼氏とかできたことなかったから、初めてだったのに。
入谷くんをキッと睨(にら)むけど、彼は笑顔のまま。
「だって一途に想ってるみたいだから、その気持ちの間に割り込みたくなったんだよね。楽しそうだし」
「最低！」

「伊都ちゃんおもしろいね」

　話が通じない！

　意味わかんない！

　もう知らない。

「さようなら!!」

　この場にいてもきっと何も解決しないと思い、大きな声でそう言って背を向ける。

「伊都ちゃん、またね」

　その言葉には反応せずに空き教室から出る。

　制服の袖（そで）で唇をゴシゴシと擦る。

　最悪最悪最悪!!

　心の中で呟（つぶや）きながら、早歩きで校舎を出る。

　初会話で、しかも高校入ってまだ１週間なのに、ファーストキスをあんなに簡単に奪うなんて……！

　入谷くんの行動に怒っていたけど、連想ゲームのようにさっきまで頭から消えていた京ちゃんと先輩のキスを思いだしてしまった。

　京ちゃんは、いつもあんな恥ずかしいことをしているんだ。

　そう思うとやっぱり胸が苦しくなった。

　京ちゃんはさっそく新しい女の子と遊んでるし、入谷くんには絡まれるし。

　これからの行き先が不安になる。

　平穏な高校生活が送れますように。

　ただただそう願うだけだった。

集団合宿実行委員

「伊都ちゃんおっはー」
　私が教室に入るなり、元気に挨拶をしてきたのは……入谷くん。
　昨日の今日で、朝から絡んできた入谷くんに驚く。
　昨日初めて話したから、もちろん挨拶をされたのも初めてなわけで。
「いつもあの男と登校してるんだね。幼なじみの持田京介くんと。家は隣で生まれたときから一緒で、ずっと片想いか。健気(けなげ)だね」
「調べたの!?」
「まぁね」
　自分の席についた私の前にしゃがみ、机に腕を置いて枕みたいに顔を倒す。
　そして私を見上げてニコッとほほ笑む。
　さわやかな笑みだけど、言っているセリフは怖いから！
　昨日から今日までで、まったく知らなかった京ちゃんの情報を集めるなんて。
「クールに装ってるけど女遊びが激しくて、とっかえひっかえ。毎日家に違う女の子を連れ込んでるって、伊都ちゃんかわいそうだね」
　その言葉には、さすがにカッとなって立ち上がる。
「京ちゃんのこと悪く言わないで！　なんにも知らないく

せに!!」

思わず声を張り上げてしまい、騒がしかった教室が一気に静まり返る。

みんなの視線が私に集中しているのがわかる。

や、やってしまった……。

私は何事もなかったかのようにゆっくり、もう一度イスに座る。

そして大きく息を吐き、両手で顔を覆う。

どうしようどうしよう。

こんなの悪目立ちじゃん。

恥ずかしすぎる。

穴があったら入りたいって言った人の気持ち、今ならすごくわかるよ。

今すぐに穴に入って隠れたい。

「ふっ、怒らせちゃったー。みんな空気悪くしてごめーん！」

「おい入谷。いじめてあげるなよな。相崎さん純粋そうなのに」

「そうだよ、入谷最低だ」

まわりが口々に入谷くんに文句を言いだす。

だけどその言葉たちには本気なものは１つもない。

入谷くん、助けてくれたのかな？

空気を戻そうとして……って元はと言えば入谷くんが悪いわけじゃん。

そうだそうだ。

入谷くんが、京ちゃんのことをわかったように言うからだよ……。
「入谷、謝れー」
「伊都ちゃんごめんな」
　みんなに言われて素直に謝る入谷くんは、両手を合わせてウインクしている。
　絶対に謝る気ないでしょ。
　そう思ったけど、なぜか子犬みたいでかわいいと感じてしまったから。
　私もそこまで根に持ちたくないし。
「いいよ」
「ほんと!?」
「うん」
「チョロいな」
「えっ!?」
　私の手に自分の手を重ねて、真っ直ぐに目を合わせてきたと思ったら不敵にほほ笑む。
　……許すんじゃなかった。
　だってひどいよね？
　チョロいなって。
　もう入谷くん、嫌だ。
　心の中で文句を言いながらも、重なった手にドキドキしている自分がいる。
　触れている部分から熱が全身に伝わる。
「顔が赤い。こんだけで照れてるの？　昨日キスしたのに」
「ちょっと！」

　何を言っているの!?
　小声だったからまわりには聞こえてないだろうけど、普通そんなことはっきり言う？
　私が好きなのは京ちゃんなの。
　京ちゃんがいくら遊び人だとしても。
　だから。
「そのことは誰にも言わないで」
「幼なじみに知られたくないから？」
「……」
　なんでこの人は、こんなにも私の心の中を簡単に読むんだろう。
　すべてが入谷くんのお見通しみたいで何も言えなくなる。
　言葉の意味を察してくれたなら、わざわざ口に出さずに返事だけしてくれたらいいのに。
　これが入谷くんの性格なんだろうか。
　イジワルだ……。
「そんなに幼なじみがいい？　俺にしといたほうがよっぽどいいと思うけど」
「なんでそうなるの。入谷くんだって私なんかに構わなくても選びたい放題でしょ」
　反撃のつもりで嫌味っぽく言ってみる。
　けど入谷くんにはきいていないようで、ニコニコしたまんま。
「まぁ、女に不自由したことはないよね」

「じゃあなんでっ！」
「誰かを一途に想うとかわけわかんない。だから伊都ちゃんは他に目を向けてもいいんじゃないかって。例えば俺とか？」
「理由になってないよ」
「とにかく俺は伊都ちゃんと幼なじみくんの間に割り込みたいなって思った。それだけだよ」
……最低だ。
そんなゲーム感覚のような軽い気持ちに私を巻き込むなんて。
私は本気で京ちゃんだけを見てきたのに、自分勝手な理由で邪魔しようとするなんて。
「入谷くんには関わりたくない」
「伊都ちゃんって見かけによらずひどいね。もっと優しい子かと思ってた」
「好きじゃない相手にファーストキスを奪われて、優しくできるわけないでしょ！　私にだっていろいろと理想はあったのに……」
例えば、やっとの思いで京ちゃんと両想いになる。
そしてちゃんとお互い気持ちを確かめ合って、初デートの帰りに名残惜しくなっているところを不意打ちで……とかいろいろ。
それなのに理想からはかけ離れすぎていてもう……。
「やった、伊都ちゃんの初キスもらっちゃった。まぁこれが現実だよね」

　相変わらずニコニコしている入谷くんを見て、ため息が漏れる。
　この人には何を言っても無駄だと感じた。
　私とは感性が違いすぎる。
　だから私の意見を言ったところで、同意してもらえるわけもない。
　疲れてきたから、入谷くんに背を向ける。
　無視がいちばんだよ。
「どうせ京ちゃんと両想いになったら、とかそんなんでしょ？　でもそんなの変わるから。俺を好きになれば、昨日のもいい思い出になるって」
　またバレている……！
　しかも何？
　私が入谷くんを好きになるなんてありえないから、昨日は一生の汚点となって残るよ。
　黒歴史入りだよ。
　私は入谷くんに背を向けたまま、それ以上は反応しないようにした。
　少しすると先生が入ってきたから、入谷くんは自分の席に戻っていく。
　よかった……。
　そう思っていたのも束の間。
「面倒くさいし、男女の出席番号１番で。相崎はどうだ？」
「……ふぁいっ！　なんでもいいと思います！」
　いきなり呼ばれてヘンな返事をしてしまう。

入谷くんにイライラしていたもんだから、ボーッとしていたよ。

でも反応が早かったし、話を聞いてないようには見えなかったはず。

に、しても……やけにホームルーム長いな。

なんの話……？

気になって先生の後ろの黒板を見ると【集団合宿実行委員】と書かれていた。

え、まさか……!?

「そうか。じゃあ女子は相崎で決まりだな」

にこやかな先生は黒板に私の名前を書く。

そのまさかだった。

けど勘違いとはいえ反射的に返事をしてしまった手前、今さら「嫌だ」なんて言えない。

チラッと振り返ると、歩美ちゃんが私を呆(あき)れた目で見ていた。

そして口パクで「ドンマイ」って言ってきたんだ。

私は机に伏せるようにうなだれる。

いつもはなんだかんだ歩美ちゃんが助けてくれるけど、これはさすがに助けようがないよね。

仕方ない、覚悟を決めるしか……。

「じゃあ男子の出席番号１番は秋元(あきもと)。やってくれないか？」

担任が私の隣の席にいる秋元くんに声をかける。

私がやると言ってしまったから、本当はやりたくないだろうけど空気的にやらなきゃいけないようになってしまっている。

秋元くん、ごめんね……。

心の中で手を合わせて謝る。

「わかりました。やりま……」

「先生、俺やりたいです！」

だけど秋元くんの言葉を遮り、別の人が立候補をした。

おぉ意欲的だなぁ。

私にも代わってくれる人が現れたらいいのに。

「本当か？　じゃあ実行委員は相崎と入谷の２人で決定な」

「えっ!?」

先生の言葉に、突っ伏していた体をシャンと伸ばす。

今、入谷って言った？

このクラスに入谷は１人しかいない。

悪い予感が脳内を駆け巡る。

恐る恐る振り返ってみると、あの入谷くんと目が合った。

そしてニコッと、さわやかな笑顔にピースサインまで。

これが好きな人ならキュンとするんだろうけど……。

「せっ先生！　私には無理なので、やっぱり外してください!!」

「じゃあ、ワタシしたい！」

「えーあたしも」

「うちもしたいし～」

急に実行委員が人気になった！

さっきまでみんなしたくないからって、うつむいたりよそ見をしたりして静かだったのに。

きっと入谷くん効果だろう。
入谷くんを好きな人にさせてあげたほうが、いいに決まっている。
近づけるチャンスだもんね。
１人「うんうん」と頷いていると、先生が教卓を軽く叩いた。
それが思いのほか大きい音で、教室がシーンと静まり返る。
「決め直すと時間かかりそうで面倒くさいからこのままでいくわ。やる気になった分は集団合宿で活かせよ。山登りとか根性いるんだからな」
ハッハッハと大口で笑う先生によって、私の希望は呆気なく打ち砕かれてしまった。
入谷くんと実行委員とか、さっそく関わり持っちゃったじゃん。
あからさまに負のオーラを放っているであろう私を無視して、先生は「さっそく今日の放課後に会議があるからよろしくな」と言って教室を出ていってしまった。
「歩美ちゃん、どうしよう……」
休み時間に入ってすぐ、歩美ちゃんの席に行って助けを求める。
「入谷くんと一緒とかラッキーじゃん。すっごい人気者だよ？　入学して日が浅いのにもう学校では有名人なんだから」
みんなカッコいい人に目がないもんね。

　京ちゃんだって、もう先輩に目をつけられてたし……。
「それでも嫌だよ。入谷くんとなんて」
「そんなこと言わないでよ。ね、仲よく頑張ろ？」
「わっ」
　びっくりした……。
　思いっきり聞かれちゃったよ。
　少し申し訳なくなったけど、入谷くんを見たらそんなの吹っ飛んでしまう。
　いや、完全に入谷くんが悪いよね！
　私が悪く言っちゃうのも仕方ないよ。
　自業自得だ。
　だって、あんなに簡単にファーストキスを奪う人なんていないでしょ!?
「たぶん、てか絶対に伊都は役に立たないと思うから、入谷くん頑張ってね」
「ありがと。伊都ちゃんと仲よくなるチャンスだし頑張る」
「歩美ちゃんひどいよ！」
　私の味方だと思ってたのに!!
「次、移動だから遅れちゃう」
　私は授業の準備をして席を立つ。
　そして入谷くんを思いっきり睨む。
「さようなら！」
「いや、俺も移動で同じだからね？」
「歩美ちゃん、行くよ！」
「はいはい」

歩美ちゃんと一緒に教室を出て、次の授業を受けるために廊下を歩く。
と、急に我慢ができなくなったかのように噴きだす声が聞こえた。
不思議に思い首を傾げて、隣にいる歩美ちゃんを見る。
「ごめんごめん、おもしろくってつい」
何がおもしろいのかわからず、歩美ちゃんをじっと見つめる。
「伊都があんなに言い返したりするなんてね。心開いてるのかなって」
たしかに私はあまり言い返すタイプではない。
どちらかと言うと、はっきり言えないウジウジしたタイプだ。
でも、京ちゃんを悪く言われて黙っていられるわけがない。
「聞いてくれる？」
私は歩美ちゃんに、昨日の出来事から今日言われたことまでことを細かくすべて話す。
思いだすとまた怒りが込み上げてきた。
「ちょっ、あたしの伊都にキスしたぁ!?　純粋が売りの子になんてことすんの!!」
「声！　大きいよ!!」
「あ、ごめん。でも伊都が男の魔の手に汚されてしまったなんて……」
何か話が噛(か)み合ってない気もするけど、歩美ちゃんも怒ってくれている。

　やっぱり腹立つよね！

「伊都はあたしのなのに」

「歩美ちゃぁああん！」

　歩美ちゃんに思いっきり横から抱きつく。

　私の頭をよしよしと優しく撫でてくれるその手に、自分からも頭を寄せる。

　ほんと、私のお姉ちゃん的存在で大好き。

　歩美ちゃんがいてくれてよかったって改めて思うよ。

　それからは入谷くんが近づいてくるたびに、歩美ちゃんが牽制（けんせい）してくれていたから心強かった。

　でも、ずっとそういうわけにもいかなくて……。

「伊都ちゃん！　委員会行こうっ」

「歩美ちゃん……」

「ごめん、部活。頑張れ！」

　歩美ちゃんはそう言うと、入谷くんを思いっきり睨んでふんっと鼻を鳴らしてから、私に笑顔で手を振って教室を出ていった。

幼なじみと人気者

　私と入谷くんがその場に残される。
　クラスはまだざわざわしているけど、やけにここの空間だけは静かだ。
　こういうときは、気にしていないフリ！
　私は筆記用具だけを持って、教室を出る。
　入谷くんはその隣にすかさず並ぶ。
　そして一緒に視聴覚室に向かう。
「いやぁ今井さんに嫌われちゃったみたいだなぁ。伊都ちゃん何か言った？」
「入谷くんがした事実を話しただけ」
「え、俺とのこと話してくれたんだ。伊都ちゃんが俺の話題を出してくれるとかうれしいじゃん」
　なんでそうなるの。
　もう、スルーだ。
　ここは、入谷くんのペースに合わせないことがいちばんいい。
　入谷くんはずっと何かをしゃべってたけど、私は“ちくわ耳”のように聞き流していた。
　そのまま先に視聴覚室に入る。
　すでに他のクラスの実行委員は座っていて全員が揃うのを待っている様子だった。
「１組？　これで全員が揃ったわね。席は自由だから適当に座って」

「はい」

　返事をしてから入ってすぐのところに座る。

　と、気づいた。

　私の前に座っている人に。

　その人が急に振り返って私を見る。

「伊都も実行委員なんだ」

「うん、気がついたらなってた。京ちゃんは？」

「俺も、寝てる間に決められてた」

　京ちゃんらしいや。

　そう思ってクスクス笑う。

　私の前に座っていたのは京ちゃんだった。

　実行委員なんて嫌だって思ってたけど、京ちゃんが一緒ならしてよかったかも。

　ある意味ラッキーだ。

「伊都ちゃん、あっちに座ろ」

「え？　ここでいいじゃん」

「早く」

　ところが入谷くんは、私に有無を言わせず、せっかく座ったというのに無理やり腕を掴んで立たせると、引っ張って前のほうの席に移動した。

　強引すぎる！

　京ちゃんと近くてテンションが上がったのに、遠くなっちゃったじゃん。

　しかも前のほうだから、京ちゃんを見られないし。

ムスッとして入谷くんを見ると、私の視線に気づいたのかこちらを向く。

「割り込むって言ったじゃん」

「最低」

「では、これから集団合宿についての説明をします。今から言うことを明日のホームルームで説明してもらうので、しっかり聞いておいてください」

それから先生がプリントを配って、当日の流れの説明をはじめた。

けど私は入谷くんに対してのイライラが復活して、先生の言葉が頭に入ってこない。

入谷くんのバカ。

バーカバーカ。

「……バーカ」

「相崎さん、ちゃんと聞いてますか？」

「へっ？」

「先生に向かって『バカ』とはなんですか？　あなたには集団合宿で、しっかりと態度を改めてもらわないといけませんね」

「いや、違いま……」

「やらなきゃいけないことはたくさんあるんです。相崎さんにはとくにいっぱい働いてもらいますから」

「……はい」

何も反論させてもらえなかったから、諦(あきら)めて返事をする。

最悪だ……。

もう入谷くんのせいだ！

そう思い隣に座る彼を見る。

入谷くんも私を見ていて、目が合うと口を開いた。

“バーカ”

その口はたしかにそう動いた。

声には出していなかったけど、ちゃんと伝わった。

そのあとのニヤッとした笑みで、確信に変わる。

入谷くんなんて嫌いだ!!

それから、実行委員での役割分担をして会議は終わった。

集団合宿はクラスでの仲を深めたり、高校生としての生活をすごす基準を学んだりするのがテーマらしく、オリエンテーションのようなもの。

だから楽しいイベントもある、はず？

登山や肝試しがあるって。

楽しい……よね。

「相崎さんは合宿のしおりの表紙をよろしくね。あと、当日の司会も」

私は先生に目をつけられたらしく、さっそく仕事を押しつけられてしまう。

司会はみんなの前に立ってしなきゃいけなくて、本当は１人１回するかどうかなのに、私がすべてしないといけなくなった。

他の実行委員は特別な仕事はほとんどなく、基本クラスを委員長と一緒にまとめるくらい。

「……はい」

テンションだだ下がりだけど、ちゃんと返事をする。
これ以上目をつけられて仕事を増やされたくないから。
「また何かあれば集まってもらうことがあるかもしれません。それでは以上で終わります」
先生のその言葉で、席を立ち教室をさっそうと出ていく人たち。
私も早く帰ろうっと。
もう疲れたし。
「伊都ちゃん送るよ」
「けっこうです」
「疲れた顔してるし、何かあったら大変じゃん」
誰のせいだと思ってんの！
私は入谷くんにべーッてして、立ち上がる。
入谷くんといたらますます疲れちゃうもん。
「だからさ、一緒にかえ……」
「伊都」
入谷くんと話してたら後ろから名前を呼ばれ勢いよく振り返る。
そこには京ちゃんがいて、私と目が合うと優しくほほ笑んでくれた。
「一緒に帰る？」
「うん！」
「ちょっ！　伊都ちゃん即答!?」
「ほら、京ちゃんは家近いからね。入谷くんには迷惑かけちゃうもん」

　本当はただ京ちゃんのほうがいいからなんだけどね。
　京ちゃんから誘ってくれるなんて思ってなかったし。
　もうとっくに帰っていると思ってたから、すっごくうれしい。
　自分でも顔がニヤけているのがわかる。
「気持ちだけありがと」
「さっきと態度変わりすぎでしょ」
「入谷くんの最低な行為も水に流してあげるね」
　今の私はすごく機嫌がいい。
　入谷くんの横を通りすぎて、京ちゃんの目の前まで行く。
「京ちゃん帰ろっ」
　声をかけるも、京ちゃんは私を見てくれない。
　目が合わないことを不思議に思い、京ちゃんの視線の先をたどる。
　そこには入谷くんがいて、真っ直ぐに入谷くんを見ていた。
　入谷くんも京ちゃんをじっと見ている。
　え、ずるい。
　私だって京ちゃんと見つめ合いたいのに。
「最低な行為って何？　伊都に何した？」
　え、京ちゃん!?
　いきなり何を聞いているの？
　驚いて京ちゃんを凝視する。
「あー別に、あんたに関係なくない？」
　入谷くんは面倒くさそうに、頭を掻(か)いて横を向く。

正直に言わなかったことに少しホッとした。
私も口が滑っちゃったな、反省。
「京ちゃん、帰ろうよ」
「お前、伊都とどういう関係？　軽い気持ちで伊都に関わんなよ」
「普通にクラスメートだけど？　でも、俺は伊都ちゃんのこと気になってる。だから軽い気持ちではないかな」
いやいや、軽い気持ちでしょ!?
私の恋の邪魔をしたいだけでしょ！
心の中でツッコミを入れる。
あくまで心の中。
実際は私が口を挟めるような空気ではなかったから。
京ちゃんに〝帰ろう〟とブレザーの裾(すそ)を引っ張ってアピールする。
それでも、私を見てくれない。
「そっちこそなんで俺と伊都ちゃんの関係が気になるの？ただの幼なじみでしょ」
入谷くん、あなたはなんてことを……！
京ちゃんは私を兄妹みたいに思っているから、気にしているだけ。ただ、それだけだから。
「俺と伊都は兄妹みたいなもんなんだよ。大事な妹にヘンな虫がついてたら、心配するのも当然だろ？」
……わかっていたけど、直接本人の口から聞くのは辛いかも。
ううん、私は京ちゃんと幼なじみだから一緒にいられるんだもん。

　告白して一緒にいられなくなるのが嫌だから、気持ちを隠すって決めたのは自分だし。

「へぇ～。俺ってヘンな虫ってことになるんだ。俺からしたら、いつも伊都ちゃんといるただの幼なじみのあんたのほうがお邪魔虫なんだけどな」

「ちょっと入谷くん！　京ちゃんのこと悪く言わないでって言ったじゃん！」

「はいはい、ごめんね。じゃ、帰るわ。伊都ちゃんまたね」

　私に手を振ってから、横を通りすぎて視聴覚室を出ていった。

　そんな入谷くんの背中を見つめながら、ホッと胸を撫でおろす。

　やっと一難去ったって感じ。

　小さく息を吐くと、京ちゃんが私を覗き込む。

「帰ろっか」

「うん」

　それから教室に荷物を取りに行って、京ちゃんと一緒に学校を出る。

　京ちゃんと帰るのは高校生になってからは初めてかも。

　登校は一緒だけど、帰りはいつも京ちゃんは誰かに捕まっているから。

　一緒に帰れてうれしいな。

　京ちゃんの隣で頬が緩むのを抑えることができない。

「なぁ、さっきの奴って何？」
「え？　さっきのって……入谷くんのこと？」
「たぶんそう」
　京ちゃんがいきなり入谷くんの話題を出してきて、血の気が引いていく。
　な、なんて言おう……？
　いや、でもとくに何かあったわけではない。
　もう水に流したんだから、私たちは何もないんだ。
「クラスメートだよ。実行委員もたまたま一緒になっただけで」
「よく話すの？」
「たまーにだよ！」
「じゃあ俺を庇ったのは？　それも初めてじゃないみたいだし」
「あーそれは……」
　京ちゃんの質問攻め、恐ろしすぎる！
　なんとかして話をそらしたい!!
「京ちゃんがかっこいいから僻んでるんだよ、きっと。それで私の前で京ちゃんのありもしない話をしてたから、注意したの」
「そっか。ありがとな」
「どういたしまして」
　お礼を言ってくれたことに素直にうれしくなり、笑顔になる。
　あぁ、やっぱり好きだなぁ。

　隣を歩く京ちゃんを見上げると、京ちゃんも私を見た。
「でも、あいつは危険なニオイがするから、気をつけろよ」
「わかった！」
　私と意見が一緒だよ！
　何されるかわかったもんじゃないからね。
「そうだ、今日もお父さん帰るの遅い？」
「うん」
「それならウチで夕飯食べていきなよ！　ね？」
　少し強引にだけど、京ちゃんに言い寄る。
　困ったような顔をしたけど、じっと見つめていると京ちゃんは少しだけほほ笑んで頷いてくれた。
　やったー！
「じゃあ、料理すっごい頑張るね！　何食べたい？」
「オムライス」
「よーし、めちゃくちゃおいしいオムライスを作るね!!」
　京ちゃんに寂しい思いはさせたくないから。
　笑顔の京ちゃんを見たら私も笑顔になれるの。
　京ちゃん、本当に大好きだよ。

ドキドキの登山

「あーもう、合宿面倒だね。2泊3日とかそんなにいらないし。するとしても日帰りでいいよね」
　歩美ちゃんのその言葉に何度も首を縦に振る。
　本当にそのとおりだよ。
　私はこれからのことを思うと、どんどん憂鬱になっていく。
　そんな中、クラスごとにバスに乗り込み移動する。
「京ちゃんに会いたいなぁ……」
「あー、幼なじみの！　そういえば好きだったね」
　私の思わず漏れてしまった本音に、歩美ちゃんがすぐに反応する。
「そういえばって……」
「普通に兄妹愛かと思っちゃうんだよね」
　前もそう言って、恋愛感情だと思わなかったって言ってたよね。
　そんなに私って京ちゃんの妹って感じなのかな？
　私は物心ついたころから、京ちゃんだけが恋愛的な意味でも好きなのに。
　やっぱり、そろそろ女としての魅力を身につけなきゃいけないのかもしれない。
　でももし、女としての魅力を身につけられたとして、京ちゃんに告白して振られて気まずくなってしまったらって考えるとどうしても怖くなる。

うん、ダメだ。

それなら私は妹みたいな存在の幼なじみとしてそばにいられるほうがいいってやっぱり思う。

「……歩美ちゃん」

「はいはい」

優しい声で返事をして、頭をよしよしと撫でてくれる。

その手にすごく落ちついて、そのまま眠りについてしまった。

「……ん！」

肩を激しく揺らされて、まだ重たい瞼（まぶた）をゆっくり上げる。

「実行委員！　仕事！」

「はひっ！」

大きな声にびっくりして、勢いよく返事をして体をシャンとする。

目の前には担任の先生。

焦ってリュックを背負いながら立ち上がり、先生に続いてバスを降りる。

「はっ！　点呼！」

「お前で最後だ」

「あっ……」

みんなに注目されたおかげで、寝ぼけていたけど一気に目が覚める。

クスクス笑われていて恥ずかしい。

だんだんと身を縮めていき、「すみません……」と小さな声で呟く。
「伊都ちゃんの寝顔ゲット！」
恥ずかしさから俯(うつむ)いていると、入谷くんが私に近づいてきて、スマホの画面を見せる。
そこには、確かに私の寝顔が写っていた。
目を閉じて、窓枠に腕を添えて枕のようにして眠る私。
「ちょっ！　盗撮！　消して！」
「やーだねっ！　もうロック画面にしちゃった。俺のお気に入り」
「最低!!」
「なんかね、伊都ちゃんに最低って言われすぎて、もうそれは褒め言葉のように感じてきた」
「バカじゃないの？」
「そうかも」
そうかもって……。
入谷くんはニコッと笑顔を見せてから、背を向けてその場を離れた。
なんなの本当に……掴めない人だ。
「入谷はダメだからね!?　伊都の純白を汚したあの男は！」
いつのまにか隣に来た歩美ちゃんが、突然強い口調でそんなことを言う。
「うん、ダメだよね！　私もそう思う！」
なんか意味はよくわかんないけど、とにかく入谷くんはダメなんだ。

歩美ちゃんの言葉に同意して、なぜか固い握手をする。

今、私たちの心は１つだ……！

「相崎！　実行委員！」

「あ、すみませーん!!」

またやってしまった……。すっかり忘れちゃうんだよ。

私は列の先頭に行き仕方なく入谷くんと並んで、クラスのみんなをまとめる。

荷物を旅館に預けてから、第一の予定である登山をする。

山に登り山頂でお昼ご飯。

自由時間が少しあり、そのあとに下山。

簡単に登山の説明をさせられる。そう、させられる。

１年生全員の前で実行委員の私はカンペを読まされた。

実行委員での会議のときの罰として。

「バーカ」と口から出てしまったおかげで、完全に目をつけられてしまった。

私は恥ずかしながらも、頑張って読んでいく。

小さい声もすべてマイクが拾ってくれるから助かった。

「伊都ちゃん、声震えてたね」

「うるさい」

元の場所に戻れば、入谷くんにそうツッコまれる始末。

でも、そこは否定できない。

入谷くんに見られているけど、無視だ無視。

横を絶対に見ないようにして、出発するのを待った。

山には１組から６組の順番で登ることになっている。

けど、そんなのあまり意味はないんだろうなぁ……。

　そして先生の準備ができたのか、やっと登山スタート。
　近くにはロープウエーもあり、そっちで登りたいと思いながらも歩く。
「坂、急だね」
「ほら、頑張れ」
　やっぱり思ったとおり、スタートしてすぐに順番なんて崩れてしまう。
　私は歩美ちゃんと一緒に登るけど、体育会系の歩美ちゃんのペースはすごく速い。
　普通に登るだけでもしんどいのに、倍のしんどさだよ。
　最初は大きな広い道だったのが、途中から舗装されていない道を通りはじめる。
　もしかして、登山コースに入った？
　ってことは、さっきのはピクニックコースなのかな。
　なんか、パンフレットに書いてあった気がする。
　ずっとピクニックコースでいいのに、なんで変えるの！
　疲れていて言葉を発するのもしんどいから、心の中で文句を言う。
　山のでこぼこ道を歩きはじめたことによって、私の体力はどんどん削られていく。
「伊都、頑張って。少し休憩する？」
「ううん、まだ頑張る」
　歩美ちゃんが振り返り何度も声をかけてくれる。
　他の人も辛くても頑張って登っているんだから、私も負けてられないよ。

細めの道だから、私が止まれば後ろの人にも迷惑かけちゃうし。
「伊都ちゃん大丈夫ー？」
「うわっ」
「ちょっと、そんな嫌そうな顔しないでよ。傷つくじゃん」
そんなことを言う入谷くんだけど、嫌な顔をせずにはいられない。
疲れているときに入谷くんに声をかけられたのもそうだし、その彼の後ろには女の子が並んでいる。
その女の子たちから睨まれたのが、嫌な顔をしたいちばんの理由だ。
モテるとは思ってたけど、わざわざ女の子を連れて歩いているときに私に声をかけないでほしい。
「大丈夫！　めちゃめちゃ余裕だから！」
本当は余裕なんてないけど、入谷くんに心配されるなんて屈辱だ！
そう思い、私は少し前を歩いていた歩美ちゃんのところまで一気に行く。
「歩美ちゃん！　さっさと頂上に行っちゃお！」
「急にやる気になったの？　いいじゃん、行こ行こ」
合宿を嫌がってたはずなのに、登山は楽しいのかノリノリの歩美ちゃん。
さすが現役の運動部だ。
私は歩美ちゃんの速いペースに頑張ってついていく。
頂上もだんだんと近づいてきている感じがする！

けっこう私、いけるんじゃない？
すごくしんどいけど、たまに振り返って景色を見るとめちゃくちゃキレイでテンションが上がる。
「ほら、歩美ちゃん！　早く！」
今度は私が前を行く番。
テンションさえ上がればこっちのもんだ。
疲れは一気に吹っ飛び、まったく感じられなくなる。
「こら伊都！　ちゃんと前を見て歩きなさい！」
振り返った私に、お母さんみたいに注意をする歩美ちゃん。
もう、歩美ちゃんったら心配性なんだから。
「……きゃっ」
注意を受けてもなお後ろ向きに歩いていると、大きめの石を踏んでしまい、バランスを崩して足首からガクッとなってその場に尻もちをついた。
「伊都！」
「いたた……」
「だから言ったじゃない！」
駆け寄ってきた歩美ちゃんが地面についた私の手を取り、パタパタと土を払ってくれる。
あーぁ、汚れちゃったな。
体操服もドロドロだ。
「やっちゃったなぁ」
あははって笑いながら立ち上がろうとすると、右足に違和感。

……あれ？

捻(ひね)っちゃったかもしれない。

あとちょっとで頂上なのに……！

「伊都？」

「伊都ちゃんどうしたの？　ドロドロじゃん」

歩美ちゃんの不思議そうな声のあと、その後ろからまたも入谷くんが現れる。

相変わらずまわりには女の子。

でも今はそんなことどうでもいい。

「……別に」

素っ気なく言って歩きだそうとしたら、右足首に激痛が走った。

これは完全にネンザをしてしまったに違いない。

「あれ？　もしかして……」

「伊都」

入谷くんが何か言いかけたとき、私を呼ぶ低い声と重なった。

声が聞こえたほうに視線を移すと、合宿中は会えないと思っていた京ちゃん。

いつもすごくタイミングがいい。

私が困っているときに来てくれるから、京ちゃんは小さいころからずっと私のヒーローだ。

「大丈夫か？」

入谷くんより後ろから来た京ちゃんが、私のすぐ目の前までやってくる。

　そして私の足元をチラッと見る。
「あっと……うん」
「嘘つくなよ」
　返事を聞くなり京ちゃんは私の頭をコツンと小突く。
　頭を押さえると、京ちゃんは背負っていたリュックを入谷くんに押しつける。
「おい、なんだよ」
　入谷くんの声を無視して、京ちゃんは私に背を向けてしゃがむ。
　不思議に思っていると、顔だけこっちを見る。
「乗って。その足じゃ歩けないだろ」
「え、でも……」
「あとちょっとだし、伊都を乗せていくくらいなんてことないから」
　ドキッ。
　京ちゃんは本当にずるいなぁ。
　京ちゃんはなんてことないのかもしれないけど、私にとっては大問題だよ。
　こんなのドキドキしないほうがおかしい。
　歩美ちゃんが私のリュックを持ってくれる。
　そして優しくほほ笑んだ。
「さっきのでネンザしたんだね。ここは甘えときな」
　私はその言葉に素直に頷いて、おずおずと京ちゃんの首に手を回し背中に乗る。
　と、京ちゃんが一気に立ち上がる。

　久しぶりの京ちゃんの背中だ。
「小学生のとき、思いだすね」
「あのときも伊都はケガしてて、俺がおぶって帰ったんだよな」
「覚えてるんだ」
「何回もありすぎて、どの日のことかはわかんねぇけどな」
　そんな京ちゃんにうれしくなって、さっきよりも強く抱きつく。
　……好き。
　京ちゃんが好きで好きでたまらないよ。
「相変わらず伊都はどんくさい。昔から俺がいないと何もできないな」
　ふっと笑う声が背中越しに聞こえる。
　そうだよ。
　私は京ちゃんがいないと何もできないの。
　だから、ずっと一緒にいさせてね。
　誰よりもそばで京ちゃんを見つめてたいから。
　そんな願いを込めて、京ちゃんの首元に顔を埋める。
　少し汗が混じった京ちゃんのニオイは昔から何も変わってない、ずっと大好きなもので。
「なんで来てくれたの？」
「俺が伊都のピンチに気づかないわけないだろ」
「京ちゃんはやっぱりヒーローだ」
　かっこいい私だけのヒーロー。
　重たいはずなのに、そんな素振りはまったく見せない。

歩きにくい道も慎重に私に負担をかけないように歩いてくれる。
京ちゃんには悪いけど、このまま頂上なんてつかなければいいのにって思う。
ずっとこの背中にひっついていたい……。
だけど、私の願いも虚しく頂上についてしまう。
ゆっくりと私を下ろしてくれる京ちゃん。
大好きな背中と離れてしまった。
「じゃあ、俺は自分のクラスのとこ戻るから。ちゃんと手当てしてもらえよ」
「うん」
私の返事にニコッとほほ笑んで、頭をポンポンとしてくれる。
京ちゃん……。
「荷物ありがとう」
私から離れて後ろにいた入谷くんに声をかけ、リュックを受け取る。
「別に」
「じゃあな、伊都」
入谷くんの素っ気ない態度を気にも留めず、京ちゃんは手を振ってこの場を去っていった。
私も手を振り返して、京ちゃんの後ろ姿を見つめる。
「……俺がおぶる予定だったのに」
「え……？」
「下山はロープウエーにしてもらうように、担任に頼んでおいたから」
「あ、ありがと……」
　お礼を言うと、入谷くんも行ってしまった。
　なんか、いつもと少し違う？
　けど、入谷くんは元々よくわかんない人だからなぁ。

「伊都！　よかったじゃん」
「歩美ちゃん！　もうすっごいドキドキしたよ。あ、リュックありがとう」
「いーのいーの。あたしが持ってあげるから。で、ヒーローはどうでした？」
「……大好き」
「きゃーもう伊都かわいすぎ！」
　歩美ちゃんは私に負担がかからないように、優しく抱きついてくる。
　京ちゃんへのドキドキが止まらない。
　まだ心臓がバクバクしている。
　ネンザしたのは最悪だったけど、京ちゃんのおかげでそれもいい思い出になるよ。
　山頂の空気はとても澄んでいておいしい。
　ここまで来られて本当によかった！
　全部が京ちゃんのおかげ。
　帰りはロープウエーでまた違った景色を見ることができて、すごく楽しかった。
　登山って、とっても素晴らしいものなんだね！

幼なじみと女の子

　登山が終われば、お風呂に入ってから夕食。
　そのあとは勉強会。
　やっぱり学校行事だな。
　しかも合宿……と実感させられる。
　プリントが数枚用意されていて、それが終わり次第、各自就寝の時間まで自由時間になる。
　プリントが終わらない場合は就寝時間をすぎても終わるまで寝ることができない。
「相崎さん、あなたって人は……はぁー」
　私は勉強会に行く前に、先生にお叱りを受けるどころか呆れられてしまっている。
　実行委員で仕事をたくさん押しつけられる予定だったけど、この足じゃ無理に仕事をさせられないから。
　軽度のネンザだけど、2、3日は安静にしなければいけない。
「すみませんでした……」
　会議のときも怒られて、また怒られて。
　私はきっとこの先生からの信頼を失いつつある。

「俺、代わりにしますよ」
　勉強会は隣の大広間でしているはずなのに、なぜかこの場に入谷くんが現れる。

「でも……」
「ほら、同じクラスの実行委員だし、困ったときはお互い様でしょ。だから俺がやるので、あんまり怒らないでやってください」
「入谷くんがそう言うなら……」
「ありがとうございます」
　ニコッと営業用スマイルのような笑顔を先生に向ける。
　先生は顔をポッと赤くして、「戻っていいわよ」と少し機嫌がよくなりお許しをもらえた。
「失礼します」
　とペコッと頭を下げてから、部屋を出て隣の大広間に移動する。
　はずだった。
「うわ、湿布くさ」
「仕方ないでしょ」
「はい、俺に掴まって」
　すぐに移動する予定だったのに、私に絡んできた入谷くんのせいでなかなか進めない。
　この距離なら、入谷くんの手を借りなくても行けるもん。
「大丈夫です」
「いいから」
　無理やり私の手を入谷くんの腰に回される。
　強引すぎるって！
「お礼は、ちゅーでいいよ」
「無理」

「先生から助けてあげたじゃん」
「アリガトウゴザイマシタ」
「感情こもってないよね？」
　当然でしょ。
　見返りを求めてきている人に感情を込めてお礼を言う人がどこにいるの！
　しかも、ちゅ、ちゅーなんて……ハレンチ!!
　私の反応がおもしろいのかクスクス笑う入谷くん。
　からかってる……！

　入谷くんに顔を向けずに、静かに大広間に行きいちばん後ろの席に座る。
　そこで机に置かれていたプリントをはじめる。
　出遅れたから頑張らないと！
　そう思ったところでなかなか進むわけではない。
　む、難しすぎる……。
　まわりはどんどん終わらせて、大広間を出ていく。
「伊都ちゃんまだ？」
「え、入谷くんは終わったの？」
「だってこれ、中学の復習じゃん。これ解けずによくこの高校に受かったね」
「京ちゃんのおかげだもん」
　私の言葉にムッとした表情になった入谷くん。
　そんなことは気にせず、すぐにまたプリントに視線を落とす。

ここは、えっと……。

「ほら、ここ。計算間違えてる。だから解けないんだよ」

「え？」

指でトントンと私の今解いている数学の途中式を示す。

よく見ればたしかにそこで引き算を間違えている。

だからすごい数字が出てきちゃったんだ。

そこから計算をし直していく。

「解けた！」

「そうそう。次はここ。これは最初に傾きを出すの。そのあと重なる部分を……」

入谷くんはなぜか急に教えてくれはじめた。

でもそれが案外すごくわかりやすくて、なかなか解けなかったはずが、おもしろいようにスラスラ解けていく。

「終わった！　終わったよ！」

「はい。よくできました」

入谷くんはニコッと笑うと、私の頭を優しくポンポンしてくれる。

解けたうれしさで、自分からその手に頭をぐりぐりとすりつける。

入谷くんの手は、京ちゃんと違って少しひんやりしている。

それがまた気持ちいい。

「え、何？」

「えへへ」

「伊都ちゃん……かわいすぎなんだけど」

　入谷くんの言葉と同時に、頭にあった手は私の頬に滑り落ちてくる。
　頬に手を添えられ、目を合わせる。
「これができたのは俺のおかげだよね？」
「うん」
「じゃあ、ちゅーしよっか」
「調子に乗るな！」
「痛っ……伊都ちゃんひどい」
　デコピンされたおでこを押さえる入谷くん。
　私も、何しているんだろ……。
　ちょっとテンションが上がってしまった。
　これが合宿マジックっていうものなのかな？
　いつもと違う環境でハイになってしまうっていうあれ。
　まわりを見ると、ほとんどの生徒は終わっていて大広間はガラガラ状態。
　必死に頑張ってやっている人や集中力が切れたのか、近くの人とダラダラ話している人が目につく。
「戻る！」
「いい雰囲気だと思ったのになぁ」
「バーカ！」
　立ち上がってから、入谷くんに向かって“あっかんべー”をする。
　それから右足を庇うように歩きだす。
　私、本当に何やっているんだろう？
　入谷くんは最低な人なんだから、油断したら絶対にダメなのに！

自分のさっきの行動を思いだすと、顔が熱くなる。

勉強終わりは疲れて頭がおかしくなってしまうんだ。

きっとそうだ。

適当に理由をつけてそう思い込み、顔の熱を冷ますように歩く足を速めた。

「あれは、反則だろ……」

後ろでボソッと呟かれた声は私に届かない。

だから、入谷くんが頬を染めて頭を抱えていたことなんて、私が知るはずもない。

部屋に戻ると薄暗く、黄色い淡いライトしかつけられていなかった。

「お、伊都が来た」

「歩美ちゃん。起きてたの？」

もう消灯時間はすぎている。

あ、だから大きな電気をつけていないのか。

「これでみんな揃ったね」

クラスの女子の１人が楽しげに言う。

ん？

何かはじまるのかな？

「では、お泊まり恒例の恋バナいっちゃおーう！」

小さめの声だけど、テンションが高いのはわかる。

こ、恋バナ!?

驚きながらも、私は歩美ちゃんの隣に座らされて強制参加。
「じゃあ、りえから」
「えーわたし？　わたしは……実は２組の太田と付き合ってるの」
「きゃー聞いてないよ！」
みんなが、りえちゃんにどんどん質問をしていく。
照れたように答えるりえちゃんは幸せオーラ全開で、すごくかわいいなぁ。
付き合っているなんて、うらやましい。
私もいつか京ちゃんと……って想像するだけで照れちゃう！
「うちはやっぱ志貴かな」
「ね、もう先輩も目をつけてるよね」
「やめてよ、あたしも志貴を狙ってるのに」
「待って、あたしも」
不意に出てきた名前に現実へと引き戻される。
志貴って入谷くんだよね？
こ、こんなにクラスで狙っている人がいるんだ……。
どこがいいのか私にはさっぱりわからない。
「ひろは持田だよね？」
「そうそう、持田京介くん」
急に出てきた名前にドキッと大きく心臓が音を立てる。
京ちゃんのこと、狙っている人がいる……？
「クールっぽくてかっこいいよね。入谷といい勝負」
「あれ？　そういえば、相崎さんって今日、持田におんぶされてなかった？」
　なんの前触れもなく、私に話を振られる。
　いきなりすぎて驚いて、声が出ない。
「え？　なんで？」
「持田くんが堂々と女の子に優しくしてるところとか、見たことないんだけど」
「裏では遊んでるっぽいけどね」
「そうそう」
　ズキッと胸が痛む。
　どうしよう。
　だけど、ここは冷静に。
「京ちゃんとは幼なじみ……だから」
「幼なじみなの!?　いいなぁ。しかも京ちゃんって仲いい感じする」
「付き合ってるとかないよね？　それか好きとか」
　京ちゃんのことを好きと言ったひろちゃんが私に尋ねてくる。
　まわりも私を見ている。
　けど、緊張で口が動かない。
「伊都は幼なじみだよ？」
「そうだけど、でも男女の幼なじみなんだからさ！　何もないってことはないでしょ」
　歩美ちゃんがフォローしてくれようとするけど、ひろちゃんは私たちを疑う。
　本当に何もない。

悲しいほどに何もない。
私の一方通行の想いなんだ。
「付き合ってないなら、京介くんとの仲を取り持って！
お願い!!」
……嫌だ。
そんなのしたくない。
私だって京ちゃんのこと好きだもん。
それに、自分の恋もまともにできないのに、他の人との
仲を取り持つことなんてできるわけがない。
でも、私にそんなことを言う勇気があるわけもない。
「できることな……」
「お前ら起きてるんじゃないだろうな!!　さっさと寝ろ！」
「きゃー!!　先生ヘンタイ！」
「ここ女子部屋！」
私の声は突然入ってきた担任によって遮られた。
先生……グッジョブ！
私はすぐさま布団に潜って寝る態勢に入る。
先生は女子部屋なんて関係なしに、みんなが寝るまで居
座るとか言いはじめた。
だから恋バナは中止。
みんなはしぶしぶ眠りについた。
私は心臓バクバクで寝ることなんてできない。
「ひろには要注意だね」
歩美ちゃんの小さな声に私は頷いた。
京ちゃんだけは取られたくない……。

浅い眠りのまま、朝は来て予定どおりの生活。
朝食のあとに勉強会。
昼はみんなでカレー作り。
そのあとにオリエンテーションがあり、また勉強をして夕食を終えたら肝試し。
なんだけど……。
「はぁ……」
私はネンザをしているからお留守番。
みんなが誰とペアを組むかとかキャーキャー騒いで楽しんでいる様子を遠巻きに見ている。
男女ペアになっているから、京ちゃんも私じゃない女の子とペアになっているんだろうな。
そう考えたら胸がチクッと痛み、寂しさが込み上げてくる。
最初は２階ロビーの窓から見ていたけど、やっぱり１人ぼっちは嫌で、みんなが待機している場所にでも行こうと思い立つ。
「あれ？……京ちゃん？」
階段を下りていると、なぜか京ちゃんとバッタリ会った。
「伊都じゃん。どうした？」
「私はネンザしてるから、肝試しに参加できなくてお留守番。京ちゃんこそなんでここにいるの？」
「俺はサボり」
「あ、京ちゃんって怖いの苦手だもんね」
こう見えて、ホラー映画や夏の心霊特番とかは苦手で見られないんだ。
　かわいいよね。
　私も苦手なんだけど。
「……うるさい」
　照れたように頬を染める京ちゃん。
　この弱点はきっと私しか知らない。
　幼なじみの私しか。
　おかしくて笑っていると、京ちゃんにコツンと頭を小突かれる。
　京ちゃんがよくする癖だ。
「伊都のくせに」
「えへへ」
「バーカ」
　優しい声音で言われて、思わずにやけてしまう。
　京ちゃんと話せるなんて幸せだな。
　合宿ではいつ会えるかわからないから、会えたときのうれしさは倍増だ。
「じゃあ、俺は行くわ」
「え？」
「またな」
　私の頭をポンポンとしてから横を通りすぎていく。
　なんで？
　サボりなら私と一緒にいてくれてもいいじゃん。
　振り返り京ちゃんを追う。
　非常階段のほうに入っていく京ちゃん。

　不思議に思いながらそこの角を曲がろうとしたけど、足が止まってしまった。
「待ってたよ」
「悪い」
「ううん、別にいい」
　私の知らない女の子と向き合っている京ちゃん。
　サボりだけど、肝試しが嫌だからじゃなくて女の子と会う約束をしていたからなんだ。
　仲よさげに話す京ちゃんは、私の知っている京ちゃんじゃない。
　幼なじみの京ちゃんじゃなく、完全に男の子の京ちゃんだ。
「ほら、早く。持田くんと遊べるの、すっごく楽しみにしてたんだから」
「そう」
「予約いっぱいだからね」
　女の子はそう言って、京ちゃんの頬を両手で挟む。
　ここからの２人がどうなるかなんて容易に想像がつく。
　……また。
　私はいつもタイミングが悪い。
　予約ってことは、京ちゃんは今までもこれからも誰かの京ちゃんになっているんだ。
　見慣れている光景だけど、気持ちが慣れることは一向にない。
　足は地面に貼りついてしまったかのように動かない。

昨日はたしかに私の京ちゃんだった。

登山のときの大きな背中に、私の手が届いて幸せいっぱいで……。

私だけの京ちゃんだったのに……。

「まーた泣いてる」

そんな声が聞こえたと同時にふわっと体が浮く。

驚きで声が漏れそうになるけど、口を後ろから伸びてきた手で押さえられる。

もう片方の腕はしっかりと私のお腹に回っていて、片腕で私を持ち上げている状態だ。

そのまま場所を移動させられ、下ろしてもらえたのは自販機がたくさんある休憩所だった。

そこに置かれているベンチに座らせられる。

私のすぐ隣に並んで座ると、頬に伝った涙を拭ってくれる入谷くん。

入谷くんに泣き顔を見られるのはこれで二度目だ。

原因も同じ。

「そんなに泣くくらいなら俺にしときなって」

泣き続ける私の涙を指で拭いながら、前と同じようなことを言う。

それでも私の涙は止まらない。

「俺、伊都ちゃんのこと本気になりそうなんだけど」

「……っんな軽い気持ちで……」

「そうだよね、ごめん。言い直す」

私の頬に手を添えて、真っ直ぐに見据えられる。

「俺、本気だから。伊都ちゃんのこと」
　何も言葉を出すことなんてできない。
　入谷くんのこと、信じていないわけじゃないけど信じられるわけでもない。
「だからさ、俺にしてよ」
　私は京ちゃんのただの幼なじみ。
　他の女の子は京ちゃんの恋愛対象。
　私は遊んですらもらえない幼なじみ。
　他の女の子は１人の女の子として認識してもらえる。
　涙が溢れて止まらない。
　いまだに入谷くんの言葉に反応することすらできない。
　涙を流す私の頬にちゅっとキスを落とし、涙をすくってくれる。
「幼なじみが困ってるときに現れるヒーローなら、俺は伊都ちゃんの気持ちを奪う怪盗になる」
「……意味わかんないっ」
「いいよ、それで。今から奪うから」
　そう言うと入谷くんは私の唇に自分のを押しつけた。
　抵抗しようと肩を押すけど、その手を掴まれる。
　以前の軽いものではなく、長くて深くて意識が飛びそうになる。
　それでも入谷くんは離してくれなくて、入谷くんで頭がいっぱいになってしまい、そのときだけは京ちゃんのことを忘れられたんだ。

2章

クラスメートの本気

「志貴ー！」
ドキッ。
入谷くんを呼ぶ声が聞こえると、思わず心が反応する。
集団合宿以来、入谷くんとはまともに話していない。
正確に言えば、私が避けている。
入谷くんとまたキスをしてしまった……。
そのあとはたしか、離してくれた入谷くんが少し切なそうな表情でほほ笑み、私をお姫様抱っこで部屋まで運んでくれたんだ。
あんなキスは生まれて初めてで、お姫様抱っこをされたのも初めてだった。
京ちゃんにすらされたことなかった。
あのときの私はきっとおかしかったんだと思う。
京ちゃんが好きすぎて、だけど気持ちを伝えることもできなくて。
だから入谷くんに甘えてしまったんだ。
私の気持ちを吐き出させてくれる入谷くんの存在が気持ちいいんだ。
でも、そんなの利用しているみたいでダメだよね。
うん、絶対ダメだ。

「伊都、最近おかしいよね？」

「え？　どこが！　どっこもおかしくないよ!!」
「クリームパンのクリーム、落ちてるけど？」
「ほぇ？　うわっ！　どうしよ！」
　今はお昼休みで、教室で大好きなクリームパンを食べていたんだけど、向かいに座る歩美ちゃんいわく、私の様子がおかしいらしい。
　机にこぼれてしまったカスタードクリームをティッシュで拭く。
　あーあ、もったいないなぁ。
　なんて悲しくなりながらも、手を動かす。
　キレイに拭き取ったティッシュはゴミ箱へ。
　席に戻って、座り直す。
「入谷と何かあった？」
　私が座ったのと同時にそんな問いを投げかけられる。
　バッと顔を歩美ちゃんに向けると、歩美ちゃんはニコッ。いや、ニヤッと笑う。
　いったん気持ちを落ちつかせようと、パックのお茶に手を伸ばしストローに口をつける。
「キス」
「ぶっ……ゴホッゴホッ」
「したんだ」
　お茶を噴きそうになり、急いで飲み込むとむせてしまう。
　そんな唐突に！
　せめて私がお茶を飲み終わってからにしてよ……。
「私って……ビッチ？」

「ぶはっ」
　今度は歩美ちゃんが噴き出す。
　歩美ちゃんもカフェオレを飲んでいたから、口から出そうになったのをなんとか堪えていた。
「びっくりさせないでよ」
「だって……」
　不安なんだもん。
　付き合ってないのにキスをするなんて……。
　それに二度も。
　私は京ちゃんが好きなのにさ。
　やっぱりおかしいよね。
「伊都は心配しないで！　入谷が悪い！　伊都は悪くないから！」
「でも……」
「忘れよう。伊都は純粋でかわいくていい子なんだから」
　歩美ちゃんが私の肩に手を置く。
　キュン。
　歩美ちゃんってばイケメンすぎだよ。
　なんてちょっとふざけていると、昼休みは終わってしまった。
　そうだよね。
　忘れよう！　それがいちばんだ！
　気にしていたらキリがないし。
　心の中で頷き、次の授業の準備をする。
「伊都、行こう」

「うん」

足はすっかり治って、今では痛くもかゆくもない。

体育も普通にできるし、本当に軽いネンザで済んだんだ。

「よっ」

移動教室のため廊下を歩いていると、前から来た人物に頭を軽く叩かれる。

「京ちゃん！」

「次、何？」

「化学だよ」

「伊都が苦手なやつじゃん」

そうやって笑う京ちゃんを見つめる。

クラスが端と端だから、廊下で会うこともなかなかない。

うれしくて頬が緩む。

「伊都、先に行ってるね」

「あ、うん」

歩美ちゃんは気を遣ってか、私を置いて１人で行ってしまう。

その証拠に私の背中を肘でチョンと突いてから。

京ちゃんと学校内で話すのはめずらしくて、すごく新鮮に感じられる。

歩美ちゃんありがとう！

「また勉強教えてね」

「えー、伊都は覚えが悪いから疲れるんだよな」

　ははっと笑う京ちゃんに、私は拗ねた表情をするけど本当はまったく拗ねていない。
　話しかけてくれるだけですごくうれしい。
　幼なじみで何年もの付き合いがあるのに、話せるだけで本当に幸せなんだ。
　大好きだからこそ、それはずっと変わらない。
「教えてよ！　ねっ？」
「ちゃんとお礼しろよ？」
「え？　それって、ちゅ……」
「ちゅ？」
「あああ！　なんでもないよっ！　もちろんするって！」
　焦って、すぐに首と両手を横に振る。
　鼓動がすごい勢いで加速しだす。
　ドキドキじゃなくてバクバク。
『お礼は、ちゅーでいいよ』
　あんなこと言うから！
　入谷くんのせいで、私の思考回路はやられてしまったみたい。
　京ちゃんは入谷くんとは違うんだから。
　そんなこと言うわけがない。
　落ちつけ、落ちつけー。
　心の中でそう自分に言い聞かせながら、深呼吸を数回ほど繰り返す。
「大丈夫か？」
「うん！　平気平気！」

「伊都ちゃん、今日実験だから早く行かないと……」
「きゃあっ」
　後ろから急に腕を掴まれて、びっくりして思わず叫んでしまう。
　振り返ると目の前に入谷くん。
　た、タイミング……。
「ほら、早く」
「あ、京ちゃんっ」
「おいっ！」
「遅刻するから」
　京ちゃんが口を開くも、入谷くんが低い声でそう言う。
　たしかに遅刻は困る。
　私は頭がよくないから、減点から逃れるためには平常点を稼がなければいけない。
「京ちゃん、またね」
　ここは仕方ないけど、入谷くんの言うとおりだ。
　京ちゃんは何か言いたげな顔をしていたけど、化学室に向かって歩きだした。
　ごめんね、京ちゃん！
　心の中で謝ってから、掴まれたままだった入谷くんの手を振り払う。
「自分で行けます！」
　合宿以来だ。
　こうやって、入谷くんに触られたのは。
　こんなに近い距離にいるのは。

入谷くんといるとどうしてもあの日のことを思いだしてしまうから、私はどうすればいいのかわからない。
気まずい。
だから、入谷くんと一緒にいたくない。
「伊都ちゃんさ、俺のこと避けてるよね？」
「……」
「その無言は肯定してるようなもんだよ」
立ち止まった私の目の前に入谷くんが回ってきて、顔を覗き込む。
いつものおちゃらけた表情じゃない入谷くんが、そこにいる。
「意識してる？」
「……」
「え？　もしかして俺のこと好きになった？」
「それはない！」
「うわ、そこで否定するなんて俺ショック」
ダメだ。
このままじゃ入谷くんのペースに巻き込まれる。
「……遅刻する」
そう言って、化学室までの廊下を入谷くんから逃げるように走った。
そのかいあって、自分の席に座ると同時にチャイムが鳴った。
ぎ、ギリギリだった……。
授業中は入谷くんとは班が違うおかげで、話すことはなかった。

　今日は実験で化学が２時間連続であるから、あっという間に終わってしまった。

「歩美ちゃん、今日って一緒に帰れない？　久しぶりにカラオケでも行きたい」
「あーごめん！　今日は彼氏と約束あるから」
「そっか……」
「そんな寂しそうな顔しちゃって！　かわいいなぁ！　来週なら空いてるよ」
「……じゃあ来週」
「了解」
　ふくれっ面になる私を一度ギュッと抱きしめてから、歩美ちゃんは急いで化学室を出ていった。
　歩美ちゃんには少し前に彼氏ができた。
　１個上の先輩。
　歩美ちゃんは一目惚(ぼ)れされて、入学当初から猛アタックを受けていて、ついに付き合うことになったんだ。
　私、ぼっちかぁ……。
「じゃあ、俺とカラオケ行く？」
「行かない！」
　もう顔を見なくても、声だけで誰かわかってしまうのが怖い。
　入谷くんのほうを見ずに、私も化学室を出て教室に向かう。

　入谷くんはずっと私の後ろについて歩く。
　それが気になってしまい、だんだんとムカムカしてくる。
「ついてこないで！」
「いや、目的地一緒じゃん」
「……」
「伊都ちゃんおもしろいね」
　たしかにそうだよね。
　じゃあ、ついてくるって考え方は違うか。
　そう思い、ピタッと立ち止まる。
　そして、廊下の端っこに寄った。
「お先にどうぞ」
「そう来たか」
　私の言葉に楽しげな笑みを浮かべる。
　何がそんなに楽しいんだか、私にはさっぱりわからないよ。
「志貴、放課後みんなで遊ばない？」
「カラオケとかボーリングとか」
　廊下に立ち止まっていると、後ろから来たクラスの女子数人が入谷くんに声をかける。
　それは、合宿のときに入谷くんのことを好きだと言った人たち。
　と、京ちゃんを好きだと言った人も。
「えー楽しそう。他に誰が来んの？」
　ほら、すぐにそっちに行けちゃう。
　入谷くんは女子なら誰でもいいんだよ。

私は遊ばれているだけだって。
今がチャンスと言わんばかりに、この場から逃げようとする。
「うちらと、クラスの男子数名」
「へぇ。でも、俺パス」
後ろからそんなセリフが聞こえた直後、歩きだしていた私は肩を突然掴まれ引き寄せられた。
え？　……えぇ!?
驚いて目を見開くけど、テンパりだす私になんてお構いなし。
「今日は先約があるから」
「ちょっ！」
「また誘って」
にこやかに手を振って、私を引っ張る。
さっきの女子たちの顔……めちゃくちゃ怖かったよ。
私、絶対いじめの対象になる……。
「入谷くん！」
「んー？」
手を離してもらおうとブンブン振っても、なかなか離れない。
気の抜けた返事が、また腹立たしい。
「私、絶対いじめられるんだけど！」
入谷くんのことを好きな子たちの前であんな……！
もし私が逆の立場だったら、絶対恨むもん。
京ちゃんに目の前であんなことを言われたら、その女の子にイジワルしたくなると思う。
「そのときは俺が守るし。俺は伊都ちゃんと話したいの」
　こっちを見ることなく真っ直ぐ前を向いて歩いている入谷くん。
　その横顔を引っ張られながら見つめる。
　入谷くんって本当に掴めない人だ。

「よし、話そうか。ってここ、俺らが初めて話したところだね」
　ニヤニヤしている入谷くん。
　絶対わざとだ！
「そんで、あそこの教室が伊都ちゃんの初キスの場所。いやぁ、なんか恥ずかしいね」
　私をチラッと見ては目をそらす……という、なんともイラッとくる行動を繰り返す。
　もう本当に最悪だ……。
「もっかいしとく？　ちなみに合宿のときみたいに大人なやつのほう」
　私に顔をグッと近づけてくる。
　びっくりしちゃって、思わず抱えていたファイルや筆箱を落とす。
　あとずさりをするも、入谷くんはどんどん近づいてきてついには背中に壁。
　追い込まれてもなお、近づいてくる入谷くんにドキドキしてしまう。

好きじゃなくても、真剣な顔で近づいてこられると鼓動が速くなってしまうのも無理はない。

私の後ろの壁に右腕の肘から下を全部つけて、見下ろされる。

すごく近い距離に入谷くんがいて、さっきまで強気な態度をとっていたはずができなくなった。

「い、りやくん……」

見上げたまま、入谷くんの胸板に手を置き離れようと両手で押し返す。

それでもビクともしない。

入谷くんの顔が近づいてきて、反射的に目を閉じる。

「……ふっ」

だけど、鼻で笑う声が聞こえてゆっくり目を開くと、入谷くんはすでに私から離れていた。

「かわいっ」

その言葉で顔がカァーッと熱くなる。

「か、からかったの!?」

「伊都ちゃんからかうの好き」

最悪だよ、もう……。

心臓破裂するかと思った。

「ドキドキした？」

「うん……あ！　してない！　何もなってません!!」

思わず素直に頷いてしまった。

あんなのドキドキしないほうがおかしいよっ。

顔をパタパタと自分の手で扇(あお)ぐ。

　こんなの無理だよ……。

　誰とも付き合ったことのない私には、あんな近い距離は厳しい。

　恥ずかしすぎておかしくなりそう。

「もう、無理……」

「え？　ちょっ……！」

　突然正面から入谷くんに抱きしめられる。

　なんなんだよ、本当にっ！

　どうせまたからかっているんでしょ！

　そう思って、入谷くんを引きはがそうとするけど、より強い力で抱きしめてくる。

「伊都ちゃん、マジでかわいすぎ。俺、本気だから。言ったよね？　伊都ちゃんの気持ち、俺に全部ちょうだいよ」

「な、に言ってんの」

　そんなの信じられるわけがない。

　入谷くんはチャラくて、マイペースで本当の気持ちなんてわからないのに。

「幼なじみなんかやめて、俺にしてよ」

「またからかって……」

「本気だって。たしかに最初は軽い気持ちだったけど、今は違うから」

　体を離すと、ほんのりと頬を赤く染めた入谷くんと目が合う。

　その瞳（ひとみ）は真っ直ぐ透き通っていて、嘘をついているようには思えない。

ほんと……なの？

「でも、私は京ちゃんが……」

「そんなことくらい知ってる。だから奪うんだよ」

「ひゃっ」

ほっぺにちゅっと軽くキスを落とされる。

「今はこれ以上手は出さない。俺だってそれくらい本気なんだよ。だからさ、避けられると傷つくから、せめていつもどおり怒ったり俺に文句言ってきたりしてよ」

どういうこと……。

もうわけわかんない。

けど、それよりもさ。

「今、は？」

引っかかってしまった。

その単語に。

私の言葉に入谷くんはハッとする。

「バレた？　明日会ったらちゅーしようと思ってたのに」

「バカ！」

「仕方ない、ハグに変えよう」

「本当にバカ！　入谷くんとは絶対に口を聞かない！」

「待って、それは勘弁！」

再び私を抱きしめて、入谷くんの腕に閉じ込められる。

言ったそばからこれだよ……。

「俺が本気ってことをわかってくれれば、今はそれでいいから」

「さっきので完全に信じられなくなった」

「えー、悲しい」
　もういつもの入谷くんに戻ってしまった。
　さっきはまるで別人のように真剣だったのに。
「クラスメート。それだけだから」
　抑揚のない声で言って、廊下に落ちていた筆箱とファイルを素早く拾って教室に急いだ。
　入谷くんが戻ってくると同時にホームルームがはじまり、終わると、私は急いで教室をあとにする。
　いきなりすぎて意味わかんない。
　入谷くんは私をからかって、反応を見て楽しんでるんだもん。
　私に近づいてきたのだって、京ちゃんとの仲を邪魔するためだったし。
　そんな入谷くんの言葉をすぐに信じられない。
　直接的な言葉で言われたわけじゃないし、そこまで気にしすぎることもないのかもしれない。
　入谷くんはよくわかんない人だ。
　そう。
　だから、気にしすぎたら彼の思うツボ。
　彼の思いどおりになるのだけは嫌だ!!
　あー、なんか疲れたし、今すっごく甘いものが食べたい気分だなぁ。
　とくに何もない日だけど、ケーキでも買おうかな！
　私は大好きなケーキのことを考えて、入谷くんの存在を脳内から追い出そうとした。

近づく距離

　気がつけば期末テストも終わり、もうすぐ夏休み。
　時間の流れが早すぎてついていけない今日このごろ。
「では、夏休み明けにある文化祭について決めます」
　文化祭実行委員の仕切りで、今日のメインの話し合いはスタートする。
　期末テストが終われば午前授業になって、４時間目まで受ければ家に帰ることができる。
　私は家庭科部だから、活動も週１。
　だけど、午前授業になればその週１の活動もなくなってしまう。
「事前にアンケートした中から、おもしろそうなものをピックアップしてみました」
　え？
　そこは人気なものじゃないの？
　おもしろそうなものって、どんなのか怖いじゃん。
　ハラハラしながら、実行委員が黒板に何個か案を書いていくのを見つめる。

　コスプレカフェ。
　メイド喫茶。
　ホスト風カフェ。
　脱出ゲーム。

お化け屋敷。
男女逆転白雪姫。

「いや、そのカフェはまとめてコスプレでよくね？」
「そう？　あ、じゃあもうコスプレカフェに決める？」
実行委員、なんて適当な……。
だけど、みんなもあまり嫌そうではない様子。
「コスプレとかって、こういうときにしかできないし、楽しそうでいいね！」
「わかるわかる！　それに志貴のとか見てみたい」
「絶対似合うじゃーん」
女子はけっこう乗り気で賛成みたい。
カフェだったら調理に回ることができる。
いろいろ作りたいから、私も賛成！
「俺、相崎さんのアリスとか見たいかも」
「うわ、絶対かわいいそれ。あとキキとかも」
「いいね。でも今井さんのチャイナ服とかもよくね？」
「やばいわそれ」
男子も何やら盛り上がっている様子。
これは決まりかな？
「コスプレカフェに反対の人はいませんか？」
実行委員の声に誰も何も言わない。
「では、１年１組はコスプレカフェに決定します。続いて役割分担をするけど、まず衣装を作ってくれる方、いますかー？」

そこで何人かの女の子が立候補する。
衣装作りなんてすごい……！
私は家庭科部なのに裁縫はあまり得意じゃないから尊敬する。
「じゃあ次は調理してくれる方？」
来た！
そう思いすぐに手を挙げる。
「えぇ!?」
「相崎さん～！」
名前を呼ばれて振り返る。
な、なんで？
「相崎さんにはぜひとも接客に回っていただきたい！」
「お願い!!」
あまり話したことがない男子たちに、突然両手を合わせられる。
そのせいでどうしたらいいかわかんなくて戸惑う。
私の調理は心配……なのかな？
これでも家庭科部で、週１とはいえ真面目に活動しているんだけど……。
家でも毎日作っているし。
「おいこら、伊都ちゃんいじめんなよ。ってことで俺も調理行くー！」
「ちょっ！　志貴は絶対接客だって」
「稼ぎ頭がいなくなるだろ！」
「そうだよ。お前が前に出なきゃ女子を連れてこれねぇ！」

　入谷くんは接客のほうが向いていると思う。
　それは私も同意見だ。
　他の人同様にコクコクと頷く。
「じゃあ、入谷くんと相崎さんはどっちもね。調理兼接客で忙しいと思うけど、よろしく」
　ここは冷静に実行委員が場を収める。
　けど、ちょっと待って！
「こ、コスプレするのはちょっと……」
「元々調理も衣装係も小道具も全員着てもらうつもりだったから」
「文化祭サイコー！」
　なんて誰かが叫ぶけど、最高じゃないって！とツッコミたくなる。
　コスプレなんてしたことないし、恥ずかしすぎる。
「着ぐるみなら……」
「はい、次。小道具してくれる人ー？」
　私の言葉は完全にスルーされてしまった。
　悲しい……。
　着ぐるみなら顔も隠れるからいいけど、コスプレは絶対に無理！
　だけど、あっという間に役割もどんなカフェかも話が進められ、あれよあれよと決まってしまった。
「みんなで文化祭を成功させましょう！」
　……でも、高校生になって初めての文化祭。
　楽しもう！　と、胸を弾ませた。

　今日はこれで終わり、ホームルームをしてからみんな帰っていく。
「コスプレ楽しみだね」
「え？　歩美ちゃんってそんな趣味あったの？」
「純粋によ！　あたし、緑の帽子をかぶってヒゲを生やしたオーバーオールをやりたい」
「なんでそっち？　じゃあ、私は赤色帽子のオーバーオールをやるよ！」
「いえい、ブラザーズ！」
　歩美ちゃんとハイタッチをする。
　でも、コスプレってそんな感じなんだ。
　だったらたしかに楽しそう！
　ちょっとコスプレするのも楽しみになってきたじゃん！
「あ、じゃあ部活行ってくるね」
「うん。頑張って！　また明日」
　歩美ちゃんはスマホで時間を確認してから、教室を出ていってしまった。
　いつも部室でお弁当を食べているんだよね。
　教室で食べれば、まだもう少しは話せるのになぁ。
　……よし、私も帰ろう。
　あ、でもその前に図書室に寄ろうかな。
「伊都ちゃんっ！」
「わっ！」
　突然肩を叩かれて、声を上げてしまう。
　そんな私を見てクスクス笑う入谷くん。

「一緒に帰らない？」
「ごめん、行くとこあるから」
「行くとこなかったら一緒に帰ってくれるの？」
　そういう意味で言ったんじゃないけど、私の言い方はそうとらえられてもおかしくないのかな。
　いや、ただの入谷くんの“ポジティブ勝手解釈”か。
　入谷くんとは以前話してから、もう避けることはなくなった。
　逆に意識しているみたいだったから。
　普通がいちばん。
　誰に対しても同じような態度で接する。
「帰らないけど。じゃあね」
　手を振って教室を出るけど、なぜか後ろからついてくる。
　図書室だから、昇降口とは逆なのに。
「何？」
「散歩」
　我慢できなくなり振り返って聞くと、満面の笑みの入谷くん。
　なんでそんなに笑顔なのっ！
　私は入谷くんに笑顔を吸い取られるように、表情がなくなっていく。
　入谷くんのことを考えないようにして、図書室のドアを開ける。
「図書室に来たの初めてだわ」
　結局ここまでついてきた入谷くんは、めずらしげに図書室をじっくり見て回っている。
　これで当分、私には絡んでこないだろう。
　そう思い私は目的のコーナーへ。
　何冊か選んで取りだし、机にドサッと置く。
　イスに座ってから、ゆっくりと見はじめる。
　私が見に来たのはカフェで出すスイーツやドリンクを選ぶためのレシピ本。
　調理は、私がリーダーとして考えてきてほしいって言われちゃったんだ。
　普段は頼られることがない私だけど、大好きな調理関係で頼られるなら気合いが入る。
　私自身は目立つのは得意じゃないけど、スイーツは豪華に目立たせたい。
「んー」
　パラパラとめくって、材料費や調理時間のことなどいろいろなことを考える。
　日持ちするものは、前日に大量に作り置きしてもいいよね。
　種類はどんなのがいいかな？
　クリーム系やフルーツたくさんとかは経費的に厳しいから、パウンドケーキとかクッキーとか。
　スイーツの種類よりも、味の種類を増やしたほうがよさそう。
　こうやって、パウンドケーキやクッキーでも、味や形を変えればオシャレだよね。

　あ、京ちゃんはプリンが好きだから、プリンは絶対メニューに入れたいな。
「へぇ、これなんかうまそうじゃん」
　入谷くんが私の向かいに座って、レシピを指さす。
　図書室には図書委員のメガネをかけた男子生徒がカウンターに座っているだけで、あとは私と入谷くんしかいない。
　だから、普段は話しづらい図書室でも、声を小さくすることなく話すことができる。
「こんなの無理だって。チョコをたくさん使うし、テンパリングも難しいんだよ」
「何それ？　まぁ、伊都ちゃんが作るなら俺はどんなのでもいいけど」
「入谷くんも調理に立候補してたじゃん」
　全部私１人じゃ作れるわけないし。
　自分から立候補したくせに、私に任せようなんてひどい人だ、まったく。
「そんなの伊都ちゃんがいるから立候補したに決まってんじゃん」
「え？」
「少しでも関わりを持っておかないとね」
　私を見つめる入谷くんが、ゆっくりと手を伸ばしてくる。
　その手が私の肩くらいまである黒髪に触れる。
「伊都ちゃん……」
「ゴホンッ」
　わざとらしい咳ばらいが聞こえて、ハッとして入谷くんの手を振り払う。
　咳ばらいの主は、カウンターに座っている図書委員だった。
　チラッと見ると、あちらも私たちのほうを見ていて、目が合うとすぐにそらして読みかけの本に視線を落とした。
　は、恥ずかしい……。
「チッ。邪魔が入った」
「作り方は入谷くんみたいな人でも簡単に作れるようにしたいから……」
　入谷くんの言葉を無視してレシピ本をパラパラめくる。
　同じものでも、レシピによって作り方が多少異なるから、いろんな本を見比べて考える。
　リュックからルーズリーフとペンを取りだし、書きだしていく。
　すごい、燃えてきた！
「伊都ちゃん楽しそう」
「うん、楽しいよ」
　大好きなことだもん。
　あと、どんなのがあればいいかな？
　限定30個とか、そういうのをしてもいいんじゃ？
　コスプレもメインだから、そのキャラに関連した何かを作るのも。
　難しそうだけど、できたら絶対売れる！
　腕が鳴るよ。
　暑くなって、ネクタイを少しだけ緩め、半袖シャツだけど肩までまくり上げた。

　集中していると、急に影が落ちてくる。

　驚いて顔を上げると、メガネの図書委員。

「そろそろ図書室を閉めたいんですが」

「えっ？　あ、すみません！」

　謝ってからすぐに荷物をまとめて、レシピ本を元の位置に返す。

　リュックを背負って、図書委員に頭を下げてから図書室を出る。

「すごい集中してたね」

「ついつい。料理やお菓子作り好きなんだ」

「伊都ちゃんの食べてみたい。今から俺ん家……」

「無理」

　集中しすぎて疲れたし、早く帰ってゆっくりしたい。

　午後は昼寝かなぁ。

「じゃあ、今から一緒に食べに行こう！　ほら、カフェめぐり！　参考になると思うよ」

　んー、『じゃあ』の意味はわからないけど、それは一理あるかもしれない。

　いろんなカフェを見たら、他にもアイデア出てきたりしないかな。

　やるなら本気で！　だからさ。

　どうしようか悩んでいると、入谷くんがそっと手を握ってきた。

「ちょっ」

「いいとこ知ってるんだ」
　そう言って繋いだ手を引っ張る。
　あまりの強引さに、拒否する間もなく連れていかれる。
　学校を出て、すぐ近くの木造の落ちついた雰囲気のあるカフェ。

「こんなとこあったんだ」
　すごく近くて、学校から５分もかかっていなくて驚く。
　カフェって知らなかったら、気づかないようなお店だ。
　入谷くんは慣れているのか、ためらうことなくお店のドアを開けて中に入る。
「いらっしゃい。って志貴じゃん。今日はかわいい子も連れてんね」
「おっちゃんどうも。かわいいっしょ」
　入谷くんはこのカフェの店主と知り合いみたいで仲よさげに話している。
　私はというと、カフェの雰囲気がとても好みで思わずほっこり。
「名前は？　何ちゃん？」
　急に店主から声をかけられ、ハッとしながらもすぐに答える。
「相崎伊都です。入谷くんのクラスメートです」
「伊都ちゃんか。かわいいね。志貴の彼女じゃないんだ？」
「今はね。だけど俺の未来の彼女」
「やめて」

　入谷くんの言葉にすぐに拒絶反応を示すと、店主に笑われる。
　少しぽっちゃりの店主は、笑い方が豪快だ。
「伊都ちゃんおもしろいね。志貴は振られてるのか、男前だと思うんだけどなぁ」
「俺もそう思う」
「まぁ、こんなんだけど仲よくしてやってね。あ、俺のことはお兄さんって呼んでくれて構わないよ」
「そんなの呼ぶわけねぇだろ。伊都ちゃん、おっちゃんって呼んであげて」
「おっちゃん！」
「くぅ、かわいいね」
　店主改め、おっちゃんは親指を立ててグッドサイン。
　私はなんとなくそれに合わせてから、入谷くんに引っ張られて奥の席に座った。
「おもしろい人でしょ」
「うん。なんか、この静かな雰囲気とは違う感じで、それもまたいいね」
　落ちついた店内に、おっちゃんの明るい性格。
　それがまた心地よい。

　少し雑談していると、おっちゃんがメニューを持ってきてくれる。
　お昼時だから、ドリアを注文した。
　食後のデザートとしてケーキもそのときに一緒に頼む。

ドリアはもちろんおいしかった。
だけど、驚いたのはそのあとのデザート。
「え、何これ！　めっちゃおいしいよ！」
「ほんとに？」
「うん！　サクサクのタルト生地にカスタードのまろやかさとイチゴの甘酸っぱさが絶妙！」
私は頼んだイチゴタルトを食べて、ほっぺたが落ちそうになるのを感じる。
おいしすぎる。
「そうなんだ」
「そうだよ。ほら、食べてみて」
テンションの上がった私は、イチゴタルトをフォークですくって入谷くんの口元に運ぶ。
私の行動にポカンとしている入谷くん。
その小さく開いた口に入れてあげた。
「ねっ？　おいしいでしょ？」
「うん、おいしいけど。俺、今すごいキュンときた」
「へ？」
「あーんしてくれた」
「なっ！」
たしかにそうだ。テンションが上がりすぎてつい……。
気持ちを落ちつかせようと、また一口食べて、フォークをくわえている私。
あ、間接キスだ……。
「そっそれだけおいしいってことだよ！　幸せは分けない

とねっ。おっちゃん最高だよ！」
「伊都ちゃん、サンキューな」
　ごまかすように、おっちゃんに声をかける。
　今はお客さんが私たち以外にいなくて、おっちゃんは仕込みをしている最中だった。
　その姿を見つめて、入谷くんと目を合わせないようにしていると。
「ふっ」
　急に笑いが漏れる声が聞こえた。
　睨むように見ると、入谷くんは照れたような表情をしている。
　入谷くんって、わりと照れるよね。
　なんて考えていると、私の口元に入谷くんが食べているガトーショコラを乗せたフォークがやってくる。
　チョコの香りがフワッと届き、その誘惑に負けてすぐさまパクッと食べてしまった。
「おいひぃ〜」
「伊都ちゃんってチョロいよね。心配だわー」
　それ、前も言われた気がする。けど気にしない。
「おいしいものを食べられたらいいんです！」
　ただそれだけで幸せな気持ちになれる。
　甘いものって最高だと思う。
　それから流れで入谷くんといろんなカフェを回った。
　入谷くんは苦手なはずだったけど、一緒にいると気がラクでちょっとだけ楽しかった。

複雑な関係

「それでは、羽目を外しすぎないようにして、有意義な夏休みをすごすこと！　以上で１学期最後のホームルームを終わります」
　その言葉で夏休みに突入。
　解放感！
　私はリュックを背負って、歩美ちゃんの元へ。
「夏休みは部活？」
「そうなるね。だけど、休みの日は教えるからいっぱい遊ぼう！」
「うん！　楽しみにしてるっ」
　夏休みはたくさん思い出ができるといいなぁ。
　京ちゃんともどこか行ったりできないかな？
　歩美ちゃんと別れたあと、そんなことを考える。
　けど、夏休み明けにすぐ文化祭があるから、その準備とかで何度も学校に来なければいけない。
　だとしても、部活はないし自由にすごせる時間のほうが多い！
　最近読めてなかったマンガも読み進めたいな。
　なんて計画を立てていると、もうお決まりといってもいいくらいな彼が現れる。
「伊都ちゃん！　夏休みどっか行かない？」
　なんとなく来るような気はしていた。

　入谷くんは毎日のように声をかけてくるから。
「行かないよ」
「俺、伊都ちゃん不足になるじゃん」
「そんなのないから」
「あるし。じゃあ、祭り！　祭りだけでいいから！」
　祭りは歩美ちゃんと……って歩美ちゃんは彼氏と行くのかな？
　私１人!?　んー、どうしよっか。
　別にわざわざ行かなくても、今年は家から花火を見るくらいでもいいかな？
　入谷くんを無視して考えながら歩いていると、京ちゃんを発見。
　後ろ姿だけど、すぐにわかる。
「京ちゃん！」
　思わず追いかけようとしたけど、一歩踏みだしたところで足を止める。
　隣には女の子がいたから。
　しかも私と同じクラスのひろちゃん。
　以前、京ちゃんのことが好きだから紹介してほしいと頼んできた人。
　もう京ちゃんと知り合ってるじゃん……。
　ひろちゃんが京ちゃんの腕を掴んで、人気(ひとけ)のないところに引っ張っていく。
　京ちゃんはそのまま抵抗もせずに、すんなり引っ張られている。

なんで京ちゃんは他の子ばかりなんだろう。

なんで私は、いつもこんな場面ばかりを目撃しちゃうんだろう。

目頭が熱くなり、鼻の奥がツーンとする。

私はなんで、毎回泣けちゃうんだろう……。

「伊都ちゃん」

私の異変に気づいた入谷くんは、私を引っ張ってにぎわっている廊下から連れだしてくれる。

中庭まで来ると私をベンチに座らせてくれて、入谷くんはその前にしゃがみ込んだ。

私の両手を取って、下から顔を覗き込んでくる。

「俺なら、そんな悲しい顔させないよ？」

入谷くんの優しい声が、じんわりと胸に沁み込む。

たしかに入谷くんはモテるのに、他の女子と２人きりで消えていくところを見たことがない。

むしろ、私が連れていかれる立場だ。

入谷くんは私のことを見てくれている。

わかる。本気って言ってくれたって。

わかっている。

もう信じていないわけじゃない。

だって私が泣きたいときにいつもそばにいてくれる。

涙を拭ってくれる。

なんだかんだ、入谷くんにはたくさん助けられてきた。

「……入谷くんって優しいね」

「今さら気づいたの？」

「へへっ」

　本当に優しいって思うよ。

　たしかに最低最悪なときもあるけど、それも私のためなんじゃないかなって思うときもある。

　って、これは自惚(うぬぼ)れかな。

「俺を利用していいから。伊都ちゃんの全部を受け止められる自信あるよ」

　こんな面倒くさい私を、そうやって救ってくれようとするんだ。

　でも、入谷くんが優しい人ってわかってしまったから。

「そんなのできないよ……」

「俺がいいって言ってんのに？」

「うん。できない」

「じゃあ、俺が伊都ちゃんを利用させてもらうね」

「は？」

　意味がわかんない。

　入谷くんの唐突な発言は、いつも私を悲しみから無理やり引き上げてくれる。

　唐突すぎて感情が冷めていくというかなんというか……とにかく不思議な力がある。

「夏休み、暇なんだ。だから、暇潰しにいっぱい付き合ってもらうよ」

　ニコッと笑った入谷くんは、スカートのポケットに入れていたスマホを勝手に取る。

　驚きすぎて声も出ない。

　だって、普通そこに手を入れる!?
　スカートだよ!?
　若干、太ももに触れたし……。
「パスワード、何番？」
「教えない」
「ふーん。まぁ、いいや」
　そう言って、入谷くんは適当に番号を入れる。
「ちょっ！　開かなくなるじゃん！」
　ロック解除のパスワードを何回も間違えると、数分間、開かなくなっちゃう。
　と、焦って私のスマホを覗き込むと、すでにロックは解除されていた。
　な、なんで……。
「このときのために、誕生日聞いてたんだ。京ちゃんのっ」
　ニヤリと笑う入谷くん。
　ば、バレバレだ……。
　私のスマホのパスワードは、京ちゃんの誕生日。
　9月27日。
　つまり“0927”で、私のスマホは開かれる。
　恥ずかしさで顔が熱くなる。
「本当に大好きなんだね。俺って完全脈なしじゃん。パスワード変えちゃお」
「何勝手に！」
「俺の誕生日。パスワードは定期的に変えるべきだよ。あと、連絡先を入れといたからまた連絡する」

　私の手にスマホが戻ってくる。
　確認のため、いつものパスワードを入れるけど開かない。
　本当に変えたんだ……。
「入谷くんの誕生日っていつ？」
「あれ？　俺に興味持ってくれたの？　うれしいなぁ」
　何を言っているんだバカ野郎！
「パスワード！」
　怒ったように言うと、入谷くんは笑いながら軽く謝る。
　絶対に謝る気ないじゃん。
「２月14日だよ」
「バレンタインなんだ」
「誕生日プレゼントとチョコは別にしてね」
「あげないから」
　本当か確かめるために0214と入れるとスマホが開いた。
　とりあえず開いたことにホッとする。
「伊都ちゃんの誕生日は？」
「３月３日」
「ひな祭りじゃん。女の子の祭りじゃん。俺らイベントとかぶってんだ」
　何が楽しいのか入谷くんがケタケタ笑うから、私もつられて笑ってしまう。
　少し笑っていると、入谷くんが私に手を伸ばしてきてサイドの髪をそっと耳にかける。
「やっと笑った」
「えっ……？」

「伊都は笑ってるほうがかわいいよ」
急に呼び捨てにされて、ドキッと心臓が大きく音を立てる。
入谷くんに呼び捨てで呼ばれたの、初めてだ。
さっきとは違い、大人っぽい笑みを浮かべる入谷くん。
なぜか鼓動が速まりだす。
いてもたってもいられなくなり、ドキドキを振りきるように勢いよく立ち上がる。
「帰る！　いろいろとありがとう」
「あ、待って」
手を伸ばした入谷くんが、その場に尻もちをつく。
えっ？
驚いて入谷くんを見つめる。
頬を染めた入谷くんは私に向かって手を出す。
「足、痺(しび)れた……」
私を見上げる入谷くんがなんだかかわいく感じられる。
少し笑ってから、
「仕方ないなぁ」
なんて言って手を貸してあげる。
しっかりと握られた手。
「引っ張るよ？」
「ちょっと待って！　立てないって！」
めずらしく入谷くんが焦っている。
それがおもしろくて、いつもと立場が逆転していて、私は遠慮なしに引っ張る。

だけど、私の力じゃ到底引っ張り上げることなんてできなくて、そのまま入谷くんへと倒れ込む。
「あっ、やばい。今ビリビリきてる……」
私が入谷くんの上に乗ってしまい、はたから見れば襲っているように見えるかもしれない。
ここはいつもならからかわれるところ。
それでも足の痺れている入谷くんは、ツッコむ余裕がないらしい。
「ほれ」
「うわっ！　ダメだって！」
入谷くんの痺れた足をツンツンと突っつく。
やばい、めっちゃ楽しい！
よっぽど痺れているのか顔を歪(ゆが)める入谷くん。
イケメンが台無しですよ？
なんて思いながらずっとそうやって遊んでいると、もう痺れは取れたみたいで元の顔に戻りはじめた。
「伊都ちゃんってイジワルなんだ」
「いつもの仕返し」
「でももう俺のが優勢だよ？　ほら、逃げられない」
私がずっと入谷くんの上に乗っていたから、そのまま抱きしめられた。
うわっ、やられた！
って思っても元はと言えば自分のせいだ。
「今度は俺のターン。何しよっかな？」
楽しげな声のあとに、私の耳に息を吹きかける。

思わずビクッと反応してしまい、恥ずかしさが込み上げてくる。

これはダメ、だ……。

「耳、弱いんだ」

私も今、知った。耳はダメ。

入谷くんから離れようと肩を押して抵抗すると、突然耳を甘噛(が)みされた。

「っ……」

「ほんとかわいすぎてどうしよう。楽しい」

「バカ。最低。嫌い」

私のこと、おもちゃとしてしか思っていない。

だってまるで子どもだもん。

瞳をキラキラ輝かせて楽しそうに笑っているから。

嫌がっている私の耳を、もう一度噛む。

耳なんて噛む場所じゃないでしょ！

耳は聞くとこだよ！　声とか音とか！

「もう離れる!!」

入谷くんを両手で強く突っぱねる。

だけど、そう簡単には離してくれない。

「もうバカ～」

「ははっ」

なんで笑ってんの！

拗ねて頬を膨らませるけど、それを片手で潰される。

「マヌケ面」

「むむっ」

「でもその顔もかわいい」

タラシめ！　すべてがチャラいぞ！

その状態で少しやり取りをしていると、突然低い声が聞こえた。

「何してんの？」

声が聞こえたほうを見ると、さっきひろちゃんと消えていったはずの京ちゃんがいた。１人で。

驚きすぎてそのまま固まる。ついでに思考も停止。

「仲いいんだ。付き合ってんの？」

京ちゃんの言葉に、なぜかトゲが含まれているように感じる。

低くて鋭くて冷たい。

そんな京ちゃんの声音を聞いたことがない。

生まれたときからずっと一緒にいたけど初めてだ。

私の知らなかった京ちゃんがまだ存在していた……。

胸がチクチク痛んで少し悲しくなって俯く。

……って、落ち込んでいる場合じゃない!!

「付き合ってない！」

「あんたに関係なくない？」

私の声と入谷くんの声が重なる。

入谷くんは京ちゃんを睨んでいるようで、私に回っている手に力がこもった。

は、離れなきゃ……京ちゃんに誤解されちゃう。

もぞもぞと体を動かすけど、やっぱり抜けだすことなんてできない。
　京ちゃんが、そんな私たちに近づいてくる。
「いいの？　これからどっか行くつもりでここ通ったんじゃない？」
「別に」
「女の子と約束でもしてたんじゃないの？」
　入谷くんの言葉に胸がズキリと痛む。
　たしかに、ここは移動教室以外ではめったに通らない。
　本棟ではないし、昇降口のほうでもない。
　それに、今は放課後。
　もしかして……前みたいに、京ちゃんは先輩にでも呼び出されたんじゃないのかな……？
　さっきまでひろちゃんといたはずなのに、今度は違う女の子と。
「そんなのどうでもいい。伊都から離れろ」
　私の手首を掴み力強く引き上げられる。
　その勢いで立ち上がると京ちゃんの胸に飛び込む。
「伊都はお前みたいな奴が簡単に触れていい女じゃねぇんだよ」
　京ちゃん……？
　見上げると入谷くんを真っ直ぐに見つめている。
　入谷くんはため息をつきながら立ち上がり、制服についた土を払う。
「そう言うけどさ、あんたよりマシだと思うよ？　さっきうちのクラスの奴といるの見たのに、今から別の女の子のとこに行こうとしてるって」
　ははっと乾いた笑いをする入谷くんも、いつもの彼とは違う。
　さっきの、２人でいたときのからかっているとか楽しんでいるとかじゃない。
　バカにしているっていうか、軽蔑しているっていうか。
　とにかくそんな笑いだった。
「それで今度は伊都ちゃん見つけて、他の男といるのが許せないって感じ？　そっちのほうが不誠実じゃん。伊都ちゃんに触れていいような人じゃない」
　入谷くんの真剣味を帯びたセリフに何も言うことができない。
　前は言えていた。
　京ちゃんのこと悪く言わないで、とか。
　入谷くんは私のことを思って言ってくれているってわかるから、何も言えないんだ。
　京ちゃんが私の手をしっかりと握り、入谷くんに背を向ける。
「こいつは俺のだから、手出すなよ」
　一度立ち止まって、それだけ言うと再び歩きだした。
　引っ張られながら入谷くんに振り返ると、切なげに笑って手を振ってくれた。
　追いかけてくることはない。
　入谷くんはいつもそうだ。
　なんだかんだ言いながら、無理やりなことはしない。

　胸がギュッと締めつけられるのを感じながら、京ちゃんと手を繋いで歩いていた。

「伊都は何を考えてんだよ。あんな奴と一緒にいて、しかもすごい距離近いし」
　帰り道はお説教タイム。
　それでも手は繋がれたままのことに、少しうれしくなる。
　けど、心の中はモヤモヤしている。
「京ちゃんはよかったの？　約束あったんじゃ……」
　脳裏に浮かぶのは以前見た先輩。
　なんとなく、あの先輩との約束な気がしている。
「そんなのより伊都があいつといるほうが心配」
　他の女の子との約束より、私を選んでくれたってこと？
　なんてちょっと舞い上がる。
　少しだけ……試してみてもいいかな？
「入谷くん、悪い人じゃないよ」
「騙されんなよ。男はみんなオオカミなんだから、伊都に何するかわかんねーよ」
「京ちゃんもオオカミ？」
「まぁな」
　それは他の女の子にでしょ……？
　ねぇ、京ちゃん。
　立ち止まって、繋いだままの手にギュッと力を込めた。
「私とは、遊ぼうと思わないの？」
　その声に一瞬目を見開くけど、すぐにいつもどおりの表情に戻る京ちゃん。

「どっか行きたいのか？　じゃあ、夏祭りは一緒に行く？」

「行きたい！　……ってそうじゃなくて、私には手を出そうとか……思わないの？」

　京ちゃんのことならわかっていたはず。

　だけど、あえて話をそらそうとした。

　私は自分から傷つきにいく。

「……伊都は大事な妹みたいなもんだから。妹に手を出す兄なんかいねぇだろ？」

　ずるい。そうやって断るなんてずるいよ京ちゃん。

　私たちは本物の兄妹じゃないじゃん。

　他の子と遊ぶくらいなら私と遊んでよ。

　なんで私じゃダメなの？

　私は京ちゃんが他の子に触れるのが嫌なのに……。

「……あ、ははっ。そうだよね。ヘンなこと言ってごめんね！早く帰ろ、お腹空いちゃった」

　無理やり笑って元気にみせる。

　京ちゃんを引っ張って私が前を歩く。

　今の顔を見られたくない。

　私は断られたんだ。

　恋愛対象として見られてないことくらい知ってたけど、傷つくなぁ……。

　遊び相手にもなれない。本当の家族ってわけでもない。

　友達以上恋人未満ってこのことを言うのかな？

　……辛いよ、京ちゃん。

変わりゆく心

　夏休みに入って４日がたった。
　今日は文化祭についての話し合いで学校に来ている。
「衣装の採寸をするので、順番にこちらの教室に入ってください」
　衣装係が場を仕切ってくれる。
　私はすでに採寸を終えてしまった。
　衣装係は誰にどの衣装を着てもらうか、似合いそうかを考えていたらしい。
　ちなみに私にはアリスの衣装を作ってくれるみたい。
　あんなにかわいらしい衣装が似合うかわからないけど、衣装係の人が私のために考えてくれたんだし、着たくないとかは思わない。
「メニューはこれにしようと思ってるんだけど、どうかな？」
　採寸を終えた調理係に声をかける。
　そして、前日にたくさん作り置きをしておくことと当日にも随時足りない分を作ることを伝える。
「いいと思うよ！」
「うん、ラテアートとかしたことないけど楽しそう！」
「練習してもらうことになるけど……」
　申し訳なくなったけど、それでもみんな快く了承してくれる。

そしてここまで考えてきたことに対して、すごく褒めてくれてうれしかった。
「俺、カフェでバイトしてたときにしたことあるから任せて」
「入谷したことあんの？」
「えー本当にできるの？」
いろんな声が上がる中、入谷くんはニコニコして自信がありそう。
私も独学でちょこっとしたことあるけど、なかなか難しいんだよね。
本当なら助かる。
「じゃあメニューはこれで決定で、作り方は今から配るプリントに書いてあるからよかったら見といてね」
そう言ってから数枚のプリントを配る。
「相崎さんって頼りになるね」
クラスのあまり話したことない男の子に突然声をかけられて驚く。
けど、その言葉がうれしくてすぐに笑みがこぼれる。
「ありがと。そんなこと初めて言われたからすごくうれしいです」
しかも大好きなことで役に立てているみたいだから、余計にうれしさが込み上げる。
「うわっ。やっぱすげぇかわいい。ねぇ、俺と連絡先交換しない？」
「えっ？」

「いいかな？」

　スマホを取りだすから、とくに断る理由もないし交換くらいなら、と思い私もスマホを出そうとスカートのポケットに手を入れる。

　すると、その手を掴まれて止められる。

「俺と交換する？」

「いや、志貴のは持ってっし」

「あれぇ、そうだっけ？　俺、交換した記憶ないししたいなぁ」

　入谷くんが私に声をかけてきた男の子に迫る。

　それも、気持ち悪いくらいの高い声を出して。

「やめろっ！　おまっ……」

「逃げなくていいのに。傷つく～」

　入谷くんの言葉に、まわりで見ていた女の子たちは笑っている。

「志貴、何してんのー？」

「振られちゃった」

「あはは、ダサー」

　盛り上がっている様子をただ見つめる。

　私はポケットの中でスマホを握ったまま。

　どういうこと？

「じゃあ次は夏休み終了１週間前に集合だよね。頑張っておいしいもの作ろう！　そして売り上げ１位をもらって、先生の奢(おご)りで打ち上げだー！」

「入谷ぁー！　そんなのないからな！」

「先生のケチ！」
「そーだそーだ！　先生奢ってよ」
　そんな感じで少し騒いでから、衣装係と小道具係以外は解散になった。
　歩美ちゃんは部活があったから、採寸をしてすぐに戻ってしまいあまり話せなかった。
　残念……。

「ねぇ、伊都ちゃん。作り方教えてよ。俺、料理とか全然ダメだからさ」
　教室から出てすぐに入谷くんに声をかけられる。
　調理担当のくせにできないんかーい！
　なんて心の中でツッこんでから、少し考えてみる。
「んー、じゃあウチ来る？」
「へ？　伊都ちゃんエッチ」
「もう知らない」
「嘘です！　行きます！　行かせてください!!」
　急に焦りだす入谷くん。
　ほんっと失礼しちゃうよ。
　入谷くんがラテアートできるんなら教えてもらいたいなって思っただけなのに。
「じゃあ行こっか」
「まさか伊都ちゃんから家に誘ってくれるとは思ってもみなかった」
「ラテアート教えてもらいたいの」

「もちろん手取り足取り教えますよ」
　入谷くんが言うと、なんかいやらしいんだよね。
　そんなことを思いながらも、一緒に校舎を出る。
「あ、ちょっと買い物するね」
「了解」
　２人で並んで歩くなんてヘンな感じ。
　入谷くんを見ると、なんだかテンションが高いみたい。
　顔もいつも以上にヘラヘラしている。
　あ、そういえば……。
「なんでさっき私の手、掴んだの？」
「さっき……？　あぁ、あれね。伊都ちゃんの連絡先を他の男に教えたくなかっただけ」
「あ、はい……」
「自分から聞いて何その微妙な反応は！　伊都ちゃんの連絡先見たとき、男はお父さんと京ちゃんしか入ってなかったからさ。それ以上増やしたくなかったんだよね」
　……プライバシーもあったもんじゃないよ。
　あの短時間で人の勝手に見すぎでしょ。
　入谷くんにムッとしながらも、帰り道にあるスーパーに寄って必要なものを探す。
「俺ら新婚さんみたいだね」
「バイバイ」
「すみません」
　私の少し低くなった声にすぐさま謝る。
　ヘンなこと言わないでほしい。

なんか最近、入谷くんといると私、おかしいんだ。

自分が自分じゃないっていうか……私の知らない私が出てくる、みたいな。

……ってこんなのはどうでもよくて、今は買い物に集中しないと！

また作りたいから少し多めに買おうかな。

お菓子作りに必要な材料をたくさんカゴに入れて、レジに行く。

「いい、俺が払う」

お金を出そうとしたら、入谷くんがそれを制す。

「ダメだよ！　これは、私個人のも入ってるから」

「いいの。黙って払わせて」

強く言う入谷くんに何も言い返せなくなり、払ってもらうことに。

こんなことなら、今日使う分だけカゴに入れればよかったよ……。

「袋、持つ！」

「重たいからいいよ」

「持てる！」

「じゃあ、はい」

買ったものまで持ってもらって、さすがに申し訳ない気持ちになる。

薄力粉にナッツ類にクリームとたくさんあるのに。

だから半分でも持とうとする私に、入谷くんは何も持っていないほうの手を私に差しだす。

「手、繋いで。これでチャラ」
「いや、持つって」
「女の子は黙って男に任せとけばいいんだよ」
……急に男らしく言うのはずるい。
すごくおかしい、私。
嫌なのに、嫌いなはずなのに、入谷くんの手にそっと自分の手を重ねた。
それに満足そうな笑顔を浮かべ、ギュッと握られる。
そのまま私の家に行き、入谷くんをリビングに通す。
「どっちが京ちゃんの家？」
「黒のほう」
「ふーん」
リビングに入ってすぐに、聞いてきたことに対して即答する。
それを興味なさげに受け流すから、聞いた意味あるのかなって思ってしまった。
「そろそろお昼だけど、先に何か食べる？」
「作ってくれるの？」
「まぁ、お礼……」
材料費払ってもらっちゃったし、荷物まで持ってくれた。
私がさっき持ってみたら、想像していた以上に重たかった。
あんなのを軽々片手で持っていたなんて。
やっぱり申し訳ない。
「伊都ちゃん食べたいな」

「はい？」
「伊都ちゃんと……」
「もう何も作らない」
「ナポリタン希望します！」
　最初からそう言えばいいのに。
　私は手際よく２人分のナポリタンを作って、テーブルに出す。
　ちょうどパスタがあってよかった。
「お、すごい！　いただきます！」
　手を合わせてすぐに食べはじめた入谷くんを見つめる。
　初めて出す人には緊張するな……。
　モグモグしている入谷くんの言葉をぐっと待つ。
「ん、うまい」
「ほんとに？」
「ほんとに、めちゃくちゃうまい！」
「よかった」
　ホッとして私も食べはじめる。
　口に合わなかったらどうしようかと思った。
　向き合って入谷くんと食べていると、もう食べ終わったのか前から視線を感じる。
「伊都ちゃんっていいね」
「何が？」
「俺、やっぱ伊都ちゃん好きだなぁ」
　サラッと言われた言葉に思わずむせる。
　そんな私にお茶の入ったコップを差しだしてくれて、それを受け取り一気に飲む。
　び、びっくりした……。
　それっぽいことは何度か聞いたけど、直接的な言葉で言われたのは初めてかもしれない。
　いや、きっと初めてだ。
「顔真っ赤」
「だって入谷くんがさ……」
「ん？」
　優しい瞳で見られて、口ごもる。
　調子狂うよ……。

　それからは何も言わずにナポリタンをもくもくと食べていた。
　皿洗いはあとでまとめてするとして、まずはお菓子作りだ。
「じゃあ、初めはクッキーからね」
「はーい」
　入谷くんと並んでキッチンに立つ。
　そして一緒にタネを作っていく。
「あーこら！　混ぜ方が雑だよ。もっと丁寧にしないと、こぼれてるじゃん」
「ほんとだ。難しいね」
「これくらいで難しいとか言ってらんないでしょ！」
　なんて注意しながらもなんとか進めていく。
　ココアや抹茶（まっちゃ）、紅茶にチョコチップやナッツと、買ってきたものを混ぜていろんな味を作る。
　その生地を冷蔵庫で寝かせている間にパウンドケーキの準備。
　なんだかんだ言いながらも入谷くんは吸収が早く、すぐにコツを掴んでいった。
　パウンドケーキにもいろいろトッピングを入れたり、マーブルになるように混ぜたりして焼く。

「ふー、疲れた」
「次、焼いてる間に寝かせておいたクッキーの型抜き」
「ハードだよ」
　たしかに、一気にするのは疲れるのかな？
　思わず熱が入ってしまった。
「少し休憩したら？　寝っててもいいし」
「いや、そんなの悪いから」
「ここは私に任せて休憩する！」
　入谷くんの背中を押してキッチンから追いだす。
　ソファまで連れていき、無理やり座らせる。
　目の前のローテーブルにはコップとお茶を置いた。
「あとからしっかり手伝ってもらうからね」
　それだけ言って、キッチンに戻る。
　クッキーの型抜きをせっせとしていると、それだけじゃつまらないなぁなんて思う。
　あ、そうだ！
　パッとひらめき、鼻歌混じりに作りはじめる。

ちょうどクッキーをすべて形に整え終えたとき、パウンドケーキが焼ける。
素早くオーブンからパウンドケーキを取りだし、型から外して冷ます。
んー、いい匂い。
いい感じに焼けたな。
少しテンションが上がりつつ、今度はクッキーを２段に分けて焼く。
入谷くんを見ると、本当に寝ているみたいで下を向いて体の力は抜けていた。
その間にもう１個、作りはじめる。
クッキーが焼けて、もう１個も出来上がったときに再び入谷くんを見るとまだ寝ていた。
疲れているのかな？
ソファに近寄って入谷くんを見ると、スースーと気持ちよさそうに寝息を立てていた。
かわいいっ……！
って、違う!!
でも、入谷くんってほんとキレイな顔をしている。
目を閉じているからよくわかるけど、まつ毛がすごく長くて、肌もきめ細かく色白で、パーツが整っている。
こうやって黙ってたらまだいいんだけどね。
なんて思いながら頬をツンツンとする。
「おーきーてー」
「んん……」

　鼻をつまむと苦しそうな声を出す。
　そしてやっと重たそうに瞼をゆっくりと開ける。
　どれだけ疲れているんだろう。
　夜更かしでもしているのかな。
「おはよう」
「おはよ……」
「仕事だよ。味見してみて」
　そう言って、入谷くんの前にまずはパウンドケーキ。
　食べてという目で見ると、寝起きはいいほうなのかすぐにフォークを使って大きな口でパクリ。
「うまい！」
「よかった！」
「他の味もうまいよ」
　さっき昼食でナポリタンを食べたというのに、食べる手を速める。
　うれしいなぁ。
「じゃあ次はクッキー」
「いただきまーす」
　クッキーもおいしそうに食べてくれる。
　これは作ったかいがあるなぁ。
「さすが俺！　なんでもできる」
「私も作った！　ってかほぼ私！」
「調子乗りました。伊都ちゃんのおかげです」
　クッキー片手に頭を下げる入谷くん。
　そんな彼がおかしくて笑ってしまう。

「あれ、これって……」
「どう？」
「俺だよね？」
「うん！」
「似てない……」
　た、たしかに似てないけど頑張ったもん！
　お菓子作りは好きでも、絵とかが苦手だから顔とか作ろうとしてもなかなかできない。
　プレーンとココアを使ってやってみたけど、やっぱり難しいや。
「でも、うれしいから写メ」
　スマホで撮影をしたあと、散々迷ってから食べていた。
　いろいろな行動や表情をする入谷くんの様子を見るのがおもしろい。
「じゃあ最後に」
「え、まだあるの？」
「えへへ～」
　笑いながら、最後に作ったフォンダンショコラを入谷くんの前に出す。
　目を見開いて、私を見上げる。
「前にカフェ行ったとき、ガトーショコラ頼んでたし。ほら、誕生日もバレンタインだからチョコ好きかなって」
「うん、めっちゃ好き！」
　目を輝かせ、すぐに大きな口を開けてかぶりついている。
　気持ちいいほどの食べっぷり。

あっという間にぺろりと平らげてしまう。
「俺のためにありがとう！」
「どういたしまして。じゃあ、次は入谷くんが教えてくれる番だよ」
「任せろ」
立ち上がった入谷くんと一緒にキッチンに戻って、ラテアートの練習。
入谷くんは本当にしたことあるみたいで、ハイレベルなキャラクターとかも作っていた。
「すごいすごい！　私もしたい！」
「いや、申し訳ないけど伊都ちゃんって美術苦手でしょ？　キャラクターのバランスが取れてない」
「れ、練習あるのみ！」
なんて飲みきれないくせにたくさん作って、少ししてからたくさん作ったお菓子と一緒に休憩して、を繰り返していたらあっという間に時間はすぎていった。
「あ、もうこんな時間か」
「ほんとだ。早いね」
「そろそろ俺は帰るわ。迷惑になるし」
「別に迷惑じゃないよ。丁寧に教えてくれたのに、上手にできなくてごめん」
「人には向き不向きがあるからね」
たしかにそのとおりだけど、入谷くんに言われたらちょっとだけムカつく……。
入谷くんってハイスペックなんだもん。

ほんと嫌になっちゃう。
「どうせ私は絵が苦手ですー。じゃあ、何個か持ってく？　プラスチック容器に詰めるね」
大きめのプラスチック容器を出して、入谷くんが欲しいと言ったものを詰めていく。
たくさん作りすぎたせいで、それでも入りきらない。
「こんなに食べられる？」
「もちろん。伊都ちゃんが作ってくれたのこんなにもらえて幸せ」
本当に幸せそうな表情をするから、私もつられてしまうのだ。
入谷くんは本当に人を巻き込む力があると思う。
紙袋にプラスチック容器を入れて渡す。
「今日はありがとう」
「こちらこそ。また来るね」
「遠慮します」
「ちぇー。じゃあね」
私も一緒に玄関を出て、お見送りをする。
入谷くんが手を振って私もそれに返したとき、隣の家のドアが開く音が聞こえた。
黒い家のほう。
入谷くんがそちらを見る。
もちろん私も。
「すっごい楽しかったぁ。また遊んでね」
「あぁ」

「送ってくれないの？」
「さっさと帰れ」
　京ちゃんの声は顔を見なくてもわかる。
　だけど、もう１人の高めの声。
　こちらも知っている。
　私たちに気づき、京ちゃんじゃない高めの声の主が動きを止めた。
「あれ？　志貴じゃん。なんでこんなところに？」
　入谷くんに近づいて声をかけるのはひろちゃん。
　ついに家にまで来る関係になったんだ……。
　その事実に胸がズキズキと痛みだす。
「お前、今、伊都の家から出てきたか？」
　京ちゃんが低い声で言いながら、入谷くんに近づく。
　３人集まるから、私も思わず駆け寄った。
「そうだけど？」
「手、出すなって言ったよな？」
「京ちゃん！　私たちは別に……」
「伊都は黙ってろ」
　キツイ口調で言われて、言葉が出なくなる。
　京ちゃんは真っ直ぐに入谷くんだけを見ている。
「え、ちょっと何これぇ？」
「うるさい。早く帰れ」
「ひどいじゃん。さっきまであんなに……」
「黙れ。二度と来んなクソが」
　ひろちゃんが肩をビクッと上げて、下唇を噛みしめる。

「最低！　いいわよ、遊び相手なんて他にいくらでもいるんだからっ！」

ひろちゃんは京ちゃんをカバンで思いっきり叩いてから、走っていってしまった。

だけど、京ちゃんはひろちゃんに目もくれず、入谷くんをじっと睨むように見ている。

「お前も帰れよ」

「帰ろうとしてたところに出てきたんだろ」

「伊都に関わるな」

「……さっきまで別の女の子といた奴に言われたくないんだけど」

２人の間を流れる空気がすごくピリピリしていて、なんだか怖い。

ここは私が仲裁に……！

「入谷くん、今日はありがとう！　本当に助かったよ。またね」

「こちらこそ」

「京ちゃんも帰りましょう！」

入谷くんに手を振ってから、京ちゃんの背中を押して家に入れる。

その間も京ちゃんは入谷くんを睨んでいるみたいで、こんなに怒った京ちゃんはめったに見ないからどうしたらいいのかわからない。

やっとの思いで、京ちゃんを家の中に入れて、私も自分の家に帰ろうとする。
「じゃあね、京ちゃん」
とにかく京ちゃんが落ちつくように１人にしたほうがいいと思い、すぐに背中を向けると後ろから手が伸びてきて、ドアノブを掴まれる。
そのせいで私はドアノブを掴めなかった。
「京ちゃん……？」
「明後日の祭り、やっぱ２人で行こう」
振り返ると京ちゃんが真剣な瞳で私を見ていた。
前に言ったのはごまかすための流れでかと思ったけど、今はちゃんと誘ってくれているんだよね？
だったら、答えは１つしかない。
「うん！　行く!!」
「じゃあ明後日の17時に呼びに行く」
少しだけほほ笑んでくれた京ちゃんは、掴んだままのドアノブを回して開けてくれた。
私は外に出て、振り返り手を振る。
「楽しみにしてるね」
「おう」
なんだか、京ちゃんがおかしかったけど、祭りに誘ってもらえてうれしいな。
うん、すごく楽しみだ！

すごく大切な人

夏祭り当日。

京ちゃんからこういう行事に誘われたのは、今まで生きてきた中で初めて。

私から誘うときもあったけど、京ちゃんが女遊びをするようになってからは誘えなくなってしまった。

一緒に登校は当たり前で、下校は本当にたまに。

休日とかも遊んだりしないから、こうやって遊びに行くのは久しぶりすぎて少しだけ緊張している。

私は気合いを入れて、お母さんに浴衣を着せてもらう。

白地に桜がいっぱいのお気に入りの浴衣。

髪はアップにできるほど、長くないから片方だけ編み込んで浴衣に合うピンクの花の飾りをつける。

「京ちゃんと祭りかぁ。伊都、よかったね」

「な、なんで?」

「だって、伊都ったら京ちゃんのこと昔っから大好きだったじゃない。やっと叶(かな)ったのね」

「し、知ってたの!? でも残念ながら付き合ってないよ」

「そう? まぁ、祭りで京ちゃんのハートをゲットしてきなさい」

お母さんの言葉に恥ずかしくなりながらも、私は小さく頷いた。

せっかくのチャンスだもん。頑張ろう。

鏡で全身をチェックしているとインターホンが鳴った。
「来たんじゃない？　行ってらっしゃい」
「行ってきます！」
サイフとスマホとその他に必要なものを入れた浴衣に合う小さなバッグを持って、下駄を履いて家を出る。
ドアを開けると、黒のシンプルな浴衣を着た京ちゃんがいた。
京ちゃんも浴衣だ！　やったー！
なんてテンションが上がっていると、京ちゃんがニコッとほほ笑んでくれる。
「行くか」
「うん！」
京ちゃんの声に元気に返事をして、歩きだした。
いつもと雰囲気が違って、めちゃくちゃドキドキする。
「京ちゃん、すごくかっこいいね」
「ありがと。伊都もかわいいよ」
京ちゃんがかわいいって言ってくれた！
もう、幸せすぎる……。
頬が緩むのを感じながら、祭りのある大通りまで並んで歩く。
「お腹空いたね」
「伊都は相変らず食べるの好きだな」
京ちゃんの笑った顔に鼓動が速くなる。
ずっと見つめていたいけど、祭りということもあって雰囲気が違って見える京ちゃんに、恥ずかしくなってきてだんだんと見ることができなくなってしまう。
　見たいのに見られないというジレンマに陥る。
　少し俯きがちに歩いていると、急に手を握られ引っ張られた。
「えっ？」
「危ないよ。人が多くなってきたから気をつけて」
「あ、うん。ありがとう」
　京ちゃんに握られた手が大きくて温かくて、心がじんわりと満たされていく感じがする。
　にやけるのを抑えていると、屋台が見えてきた。
　それと同時に、私のテンションもより一層どんどん上がっていく。
「わっ！　いっぱいあるよ！　どこから行こう？」
「そんな慌てんなって」
　呆れたように笑う京ちゃんの手を、今度は私が引っ張る。
　そんな私にも合わせてくれる京ちゃんが好き。
　一緒に１つの焼きそばを食べて、たこ焼きを食べて、かき氷を食べる。
　私が全部は食べきれないけどいろいろなものを食べたいって知っているから、あえて１つだけ買って一緒に食べてくれる。
　幼なじみだから知ってくれていること。
　そして合わせてくれる。
　だからいつも甘えちゃうんだ。
「京ちゃん！　次スーパーボールすくい！　勝負しよっ」

「俺が勝ったら何してくれるの？」
「えーっと、あ！　さっき買ったイチゴ飴をあげるよ！」
「それは伊都が好きなやつだからいいよ。他のがいい」
「他……？」
　何かいいのあるかな？　何も思いつかない。
　京ちゃんのやる気が出そうなこと。
　んー、と考えていると京ちゃんが浴衣の袖をまくって、屋台にいるおじさんにお金を渡す。
「じゃあ、俺の聞くことについて正直に答えて」
「へ？」
「いい？」
「いいよ？」
　不思議に思いながらも頷くと、京ちゃんはニコッと笑っておじさんからポイとボウルのセットを２つ受け取り、１つを私に差しだす。
　私が受け取ったら、京ちゃんは浴衣を地面につけないように気をつけながらしゃがむ。
　その隣に私もしゃがんで、スーパーボールがたくさん固まっているところに狙いを定める。
「手加減しないから」
「負けないもん！」
　互いに意気込んでから同時にスタート。
　スーパーボールすくいは大の得意なんだ。
　私が勝ったら何をしてもらおうかな。
　いろいろ考えながら、るんるん気分で入れていく。

ふと隣を見てみると。
「……え？」
私がボウルの３分の２くらい溜めて得意げにしていたのに、すでに京ちゃんの持っているボウルの中はパンパン。
ま、負けてる!?
京ちゃんは私をチラリとも見ずに、真剣な表情ですくっていく。
だけど、まだポイは破れていない。
負けたくない！
京ちゃんに勝って、私もお願いを聞いてもらうんだ。
焦って急いでスーパーボールをすくう。
「あ……」
「はい、お嬢ちゃんおしまいね。何個入ったか数えて」
くそぅ……。
ムッとしながら、スーパーボールを数えていく。
結果41個。
「すごいね。上から２番目の賞だよ」
そう言われて渡されたのは、猫のキャラクターの扇子だった。
これはこれで夏っぽくてかわいくて、すぐに気に入ってしまった。
私はそれを帯のところに挟む。
なんか、かっこいい……！
１人でテンションが上がっていると、京ちゃんはポイがまだ破れていないにも関わらず終わっていた。

「どうせ伊都に勝ったしもういいよ」
　京ちゃんがおじさんにボウルとポイを渡す。
　おじさんは驚いたようにしてから「景品！」と京ちゃんを引きとめる。
　立ち上がった京ちゃんはおじさんのほうを見た。
「いりません」
「じゃあ私がもらおーっと」
　そう言っておじさんが持っていた紙を受け取る。
　それはイチゴ飴の無料券。
　お！　これでイチゴ飴２個目だ！

　京ちゃんとさっきもらった券でイチゴ飴を交換しに行ってから、花火を見るために場所移動。
　私はさっそくイチゴ飴を食べる。
　結局あげなくても、１人１個になったから２人で一緒に食べる。
「おいしいね」
「そうだな」
「京ちゃんすごすぎだよ。悔しい～！」
　頬を膨らませる私に、京ちゃんは優しく頭をポンポンとしてくれる。
「あー、勝ったからって余裕なんでしょ？」
「俺はいつも伊都に負けてるよ」
「え？」
　顔を上げると、京ちゃんは私の手から食べ終わったイチゴ飴のゴミを取って、近くのゴミ箱に投げ捨てた。
　そして私の手を握ると、ライトがあまりない薄暗いところに移動する。
　そこは花火を待っている人でいっぱい。
　私たちはその後ろのほうに並ぶ。
「さっきの、勝ったらしてくれるやつ」
「うん」
「正直に答えろよ」
「うん」
　顔は暗さに慣れてなんとなくは見えるけど、はっきりとはどんな表情をしているのかわからない。
　京ちゃんのほうを見る。
　京ちゃんも私を見ているのがわかる。
　まわりはざわざわしているのに、この空間だけが異様に静かに感じる。
「あいつと付き合ってんの？」
「……あいつ？」
　声だけで真剣なのがわかる。
　だけど、あいつじゃわからない。
「あいつ。伊都によく絡んでる男。合宿の実行委員一緒にしてた、あのいかにもチャラい男」
「あー、もしかして入谷くんのこと？」
「たぶんそいつ」
　京ちゃんから入谷くんの話をされるとは思わなかった。
　明らかに嫌いって感じが伝わってくるし、仲も悪いみたいだから。

　私も最初は大っ嫌いだったけど、最近やっと嫌いではなくなった。

　なんだかんだ優しいし。

「その入谷って奴と付き合ってんの？」

「付き合ってないよ」

「本当に？」

「本当に」

「家に入れてたじゃん」

「だったら京ちゃんも、ひろちゃん入れてたじゃん」

　そこでしまった！って思う。

　私、何を言ってんの。

　京ちゃんにそんなこと言っていいわけがない。

　謝らなきゃ。

「ごめ……」

「そうだよな」

　私の謝罪の言葉を遮ったのは、京ちゃんの肯定の言葉。

　違う。

「違うよ。ごめん！」

「違くない。そのとおりだよ」

　思わず泣きそうになる。最悪だ。

　なんであんなこと口走っちゃったんだろう……。

　でも、その原因はわかっている。

　――嫉妬。

　高校生になってから、私は京ちゃんの家に一度も入っていない。

いや、中学のときからだっけ？

入りたいけど、入りたくなかった。

「俺は恋とか愛とかはよくわかんねぇんだ。知っているだろ？　俺の母親」

その言葉に何も反応を返すことができない。

知っているよ。お隣さんだから嫌でも知っている。

「父親がいないときは知らない男をよく家に連れ込んでた。小さいころから、ずっとそれを見てきた」

京ちゃん、何も言わなくていいよ。

「それが父親にバレて離婚。父親はキレてたくせに、離婚した瞬間、不特定多数の女を連れてくるようになった」

これ以上、何も言わなくていいから。

「結局そういうもんなんだなって。男女の間はそういう関係で成り立ってんだなって」

京ちゃんは小さいころからそんな両親を見てきて、辛かったよね。

辛いじゃ言い表せないけど、それ以外の言葉が見つからない。

ずっとそんな思いを１人で抱え込んでいて、京ちゃんはすごく頑張ったよ。

すごくすごく頑張った。

「俺の基準は両親だった。だから、よくわかんねぇんだ。今の気持ちが……」

「え？」

私の頬に京ちゃんの手が添えられる。

その手は少し汗ばんでいた。

「伊都だけは遊びで付き合えるような女じゃない。軽い気持ちで触れていい女じゃない。大切なんだよ。他とは比べものにならないくらい」

「え……?」

「だから伊都は俺なりに大切に関わってきたのに。なのに、伊都は自分を軽く見た発言するし」

あのときだ。私が京ちゃんに拒絶された日。

他の女の子と遊ぶくらいなら私がって思ったとき。

「私はずっと京ちゃんと一緒にいたはずなのに、支えてあげられなかった。京ちゃんが一番辛かったとき、何もしてあげられなかった。昔も今も」

京ちゃんはまだ抜け出せてない。

忌まわしく根づいてしまった悲しい記憶から。

京ちゃんを変えてしまった原因から。

「そんなことない。俺はずっと伊都の存在に救われてきた。いつもどおり、俺に笑いかけてくれるだけで十分だった」

うん。京ちゃんのためなら笑えるよ。

それなのに、最近は気持ちが抑えきれなくなっていた。

伝える勇気もなくて、幼なじみという立場で隣にいられなくなるのが嫌で。

だけど、それを壊したくなった。

幼なじみだけじゃ物足りなくなって、京ちゃんにもっと近づきたくて……。

でも、よかった。

私が幼なじみという立場で、京ちゃんといることによって京ちゃんを少しでも支えられていたのなら。

「京ちゃんのために、私はずっと笑っているから。だって幼なじみだもん」

「……うん。でも、俺は無理だ」

……無理？

今、たしかにそう言った。

それは、京ちゃんは私とは一緒にいられないってこと？

それを聞こうとする前に、京ちゃんが先に口を開いた。

「なんでか、伊都が入谷と一緒にいるとイライラする。話しているところを見るだけで腹が立つ。伊都に触ってたらあいつをぶん殴りたくなる」

京ちゃんの声に怒気が含まれる。

私は思わずビクッとして肩が上がる。

こんなにも感情をむきだしにする京ちゃんは珍しい。

でも、最近ではよくあることだ。

「伊都が大切だから、俺だけのものにしておきたいのかもしれない。かわいい妹みたいに大切だからこそ、他の奴には渡したくない」

京ちゃんの手が頬からゆっくりと私の首の後ろに回る。

少しくすぐったくて身をよじる。

「俺が伊都に全部を教えたい。伊都には俺の背中だけを見ていて、追っかけてほしい」

「そんなの昔からずっとだよ」

私は京ちゃんだけを追いかけてきた。
京ちゃんしか見えていない。
高校だって、京ちゃんと同じところに行きたくて必死に頑張った。
京ちゃんと一緒にいるために、今でも恋心は隠し続けている。
私の世界は、ずっと京ちゃんを中心に回っていたんだよ。
「入谷。あいつが現れてからもそう言えるか？」
「うん」
「俺はわがままだから、それでも無理だ。あいつとどこまでした？」
「え？」
驚いて間抜けな声が出る。
正直に言って、話の展開は理解できていない。
だけど、京ちゃんが真剣だから私も真剣に考える。
「手を繋いだことは？　ハグは？」
「……ある」
なんでこんなこと聞くんだろう？
だけど、京ちゃんが私を気にかけてくれている。
妹みたいって言われたけど、大切だとも言ってくれた。
これ以上、望むものはきっとない。
京ちゃんは今、きっと混乱しているから。
「キスは？」
その言葉には、心臓がドクッと嫌な音を立てる。
手を繋いだりハグは京ちゃんと何度もしたことがある。

だけど、キスは一度もしたことがない。

「な……」

ないと言おうとした。

でも最初に京ちゃんが、正直に答えろって言った。

私は京ちゃんに逆らえないし、逆らいたくもない。

だから、それに従わなきゃ。

「……ある」

私の言葉に京ちゃんが反応を示したのがわかった。

怖い。どう思われるのかが怖い。

私は京ちゃんだけって言ったけど、京ちゃんは信じられないのかもしれない。

どれだけ私が京ちゃんのことを想ってきたのか、京ちゃんは知らないから。

「……ムカつくな」

「え？　ちょっ……んっ」

京ちゃんの低い声が聞こえたと思えば、腰を引き寄せられそのまま唇に柔らかい感触。

私はこの温もりを別の人で体験したから、今の状況をすぐに理解できた。

今、京ちゃんにキスされている。

そのときちょうど花火が上がりはじめた。

だけど、京ちゃんは気にせず続ける。

「京ちゃ……」

「黙って俺に合わせて。今リセットしてるところだから」

一度唇を離してそれだけ言うと、また塞がれる。

慣れているのがすごくよくわかる。

入谷くんもそうだったから。

それを考えるとすごく悲しくなる。

今までどれだけたくさんキスしたんだろう。

どれだけたくさんの女の子に優しくしたんだろう。

私も望んだはずなのに。他の女の子じゃなくて私とって。

でも、いざそうなると私は他の女の子と同じになってしまった。

そんな気がした。

京ちゃんのたった1人の幼なじみ。

それだけで特別なはずだったのに……。

我慢できなくなり一筋の涙が溢れて頬を伝う。

それを京ちゃんが拭ってくれる。

「何も考えず、俺のことだけ考えてたらいいから」

気づいている。

京ちゃんはキスだけで相手が上の空ってことさえも気づいてしまう。

私はもう何も考えず京ちゃんに身を任せた。

いろいろ考えたいことはある。

だけど、これで京ちゃんを少しでも救えるなら。

私だって京ちゃんが、それこそ言葉に表せないほどに大切なんだから。

優しく何度も繰り返される京ちゃんとのキスは、イチゴ飴の味が残っていて、複雑な気持ちとは裏腹にすごくすごく甘かった。

3章

ふと思い浮かぶ人

気がつけば、あっという間に夏休みは終わって文化祭当日になっていた。

この学校は始業式の次の日に文化祭がある。

２日間行われて、高校の行事の中でもトップクラスの盛り上がりになる。

家を出ると、京ちゃんが門の前ですでに待っていた。

「はよ」

笑顔で朝の挨拶をしてくれる。

「おはよう」

だから私も笑顔で返す。

夏祭り以来、京ちゃんとは会っていなくて、昨日の始業式で久しぶりに顔を合わせた。

私が気まずくて避けてたんだけど、京ちゃんは会っても夏祭り前と変わっていなかった。

私はすごく意識して、夏祭りの帰り道も家についてからも次の日も、その次の日も。

ずっと京ちゃんのことを考えていたのに、実際会うと普段とまったく変わらない京ちゃんに拍子抜け。

まぁ、京ちゃんにとってはそれだけのことだったのかもしれない。

少し寂しさを覚えるけど、京ちゃんは一緒に登校してくれる。

　だからそれだけで満足することにした。
「文化祭、楽しみだね」
　幼なじみとして隣にいさせてくれるなら、私は京ちゃんのために今日も笑顔で話すよ。
「京ちゃんのところはステージ発表だっけ？」
「あぁ。でも俺は照明だから」
「出たらよかったのに。京ちゃんの王子様とか見たかった」
「いや、俺らのクラスは桃太郎のアレンジバージョンだから王子とかいないし」
　ふっと笑う京ちゃん。
　子どものころによく読み聞かせされていた桃太郎の話をアレンジするなんて発想からおもしろい。
　でも、それなら京ちゃんを王子役として出してもいいと思うけどなぁ。
　なんて他愛もない話をしながら学校に行く。

　いつもの学校なのに、たくさんの飾りがされていて華やかになっていた。
　出店もいくつか並んでいて、早く来た人たちが準備をしている。
「伊都のところはカフェだよな？」
「うん！　コスプレカフェ！！」
「は？」
「来てね！」
　驚いた顔をする京ちゃん。

　私はそんな京ちゃんを置いて、さっさと昇降口に入って靴を履き替える。
「コスプレすんの？」
「するよー」
「伊都は何着んの？」
「秘密。来てからのお楽しみだよ！」
「へぇー。まぁ伊都は何着ても似合うよな」
「あはは、京ちゃんにはサービスしちゃう」
　お世辞だとしてもうれしいから。
　それから、京ちゃんとはクラスが違うから廊下を歩いて途中でバイバイ。
　でも、今日はまだ会えるはず！
「あ、伊都ちゃん。おはよー」
「おはよう。って入谷くんの衣装……」
「これ、アニメの衣装だって。某大人気アニメので、この翼の紋章とかかっこよくない？」
「すごいね。衣装も本格的だ」
　私も一度だけそのアニメを見たことがあるけど、そっくりだ。
　衣装は着るときに初めて見ることになっていて、私はもちろん完成品を見ていないからすごくワクワクする。
　入谷くんの衣装の完成度の高さを見て、期待感も増す。
「来た人からあっちで着替えるんだって。行ってきなよ。伊都ちゃんの衣装も早く見たい」
「えードキドキだ。行ってくる」

入谷くんに返事をしてから、みんなが集まっている着替えスペースに行く。

すでに用意してくれていたみたいで、私が行くとすぐに衣装を渡された。
水色のふわっとしたワンピースと白いフリルのエプロンにはトランプのマークがある。
丈が思っていたよりも短く膝上で白と黒のボーダーのニーハイソックスに黒の厚底の靴。
水色のリボンを頭につけたら出来上がり。
衣装は本格的でかわいい。本当にすごくかわいいんだけど……。
「短くない？」
ワンピースの前のほうを引っ張る。
これはすごく恥ずかしい。
それに、普段こんなにフリフリした女の子っぽい服は着ないから、違和感しかしない。
「やばい！　めっちゃかわいい！」
「やっぱりこんなふうにして正解だったね！」
私の衣装を考えてくれたのであろう２人が盛り上がっている。
うれしい。でも……。
「短すぎるよ……」
そこだけが気になってしまう。
恥ずかしすぎて顔だけじゃなくて、体中が熱くなる。

「その恥じらう感じもめちゃくちゃかわいい！」
「足細いんだから、こんくらい出したほうがいいって！」
「でもさ……」
「あ、入谷！　見て見て」
　着替えスペースに近づいてきた入谷くんが呼ばれる。
　その声に反応して入谷くんはこっちを見て、一瞬目を見開いた。
　そのまま足早に私の目の前まで来ると、上から下まで何度も見られる。
「どう？」
「かわいい！」
「でしょ？」
　入谷くんの言葉を聞いて満足したのか、衣装係は別の人の衣装を渡しに行ってしまった。
　まわりが騒がしい中、私たちの間になんだか気まずい空気が流れる。
「さ、最終チェックしよっか」
　この空気から逃れるために、さっと入谷くんの横を通りすぎる。
　だけど、すれ違うときに入谷くんに手首を掴まれてしまい前に進めない。
「何？」
「ちょっと来て」
「わっ」
　私の返事も聞かずに、入谷くんは無理やり引っ張って教室から出る。
　廊下はみんな準備とかで騒がしい。
　そんな中、階段下の踊り場に連れていかれた。
「なんなの？　……ってちょっとこら！」
　私が止める前にカシャッとシャッター音が響く。
　ムッとして、入谷くんに手を伸ばした。
　それでもシャッター音はいまだに止まらない。
「アリス伊都ちゃんがかわいすぎるから、写真に収めておこうと思って」
「勝手に撮るの禁止！」
「撮りますよー。ハイ、チーズ！」
「そういう意味じゃない！」
　私のツッコミにケタケタ笑っている。
　写真を撮られるとか本当に無理。
　今でも恥ずかしすぎるのに、それがデータとして残るなんて……。
「じゃあさ、一緒に撮る？」
「えー」
「だってたぶん、今じゃなきゃ写真撮れないと思うし」
　そう言った入谷くんは私の横に並んで肩を引き寄せて、インカメに設定する。
　私と入谷くんの顔が画面に写る。
　まぁ、いっか。なんて気分になってしまった。
　きっとお祭りテンションで、すべてがよく思えるんだ。
　そんな小さいことばっかり気にしてもね。

写真くらい。

そう思い、笑顔でピースした。

それからは本当に時間がなかった。

文化祭の開会式を終えると、すぐにカフェのオープン。

見て回る時間がないほど忙しい。

「限定パフェ、入りました！」

「はーい」

返事をして、パフェを作る。

何か特別なことがしたいと考えた結果、集客をしているあるキャラクターに会った人だけが安くてボリューム満点のパフェを頼めるというやつだ。

それは注文を受けてから作らなければいけない。

急いで作って接客担当に渡す。

大変だけど、でもそれ以上に楽しい。

入谷くんはやっぱり客寄せのほうが向いているけど調理担当だからと、オープンキッチン的な感じで、みんなの前でラテアートを作ることになった。

そして注文した人に入谷くんが手渡し。

彼はもうそれは人気で、注文が殺到して大忙し。

大成功だと言ってもいい。

「伊都、ちょっとコーヒーこぼした人がいるから」

「あ、私が拭きに」

「いや、あたしが行くから代わりにこれを窓際の女子大学生に持っていってくれる？」

「おっけー」

　歩美ちゃんが持っていた、ケーキの乗ったトレーを受け取る。
「それにしても、伊都ってばめちゃくちゃかわいいわね」
「歩美ちゃんもよく似合ってるよ」
　歩美ちゃんは魔法少女のコスプレをしている。
　紫の衣装は、大人っぽさもあってすごくいい。
「ブラザーズできなかったね」
「またしようよ」
「気が向けばね」
　それにほほ笑んでから、席まで行ってケーキをテーブルに置く。
「お、お待たせいたしました。こちらが抹茶とチョコのパウンドケーキで、こちらがキャラクタークッキーです。ごゅ、っくり……」
「あはは、緊張してるの？」
「かわいいね」
　ガチガチの私を、大学生のお姉さん２人組がクスクスと笑う。
　恥ずかしくなって私もとにかく笑っていると、一緒に写真をお願いされた。
「アリスちゃん、真ん中、真ん中！」
　そう促されて、お姉さん２人の間に入れてもらう。
　２人は美人で、女の私でも照れてしまうくらい。
　こんな大人っぽい人になれたらな、なんて思いながら写真を撮った。

「ありがとう」
「頑張ってね」
「ありがとうございます。文化祭、楽しんでくださいね！」
　緊張が解けて、今度は噛まずに言うことができた。
　少しの達成感を得て、頭を下げてから自分の持ち場に戻ろうとする。
　だけど、スカートの裾が引っ張られるのを感じてすぐにその場に立ち止まった。
　振り返ると、そこには他校の生徒らしき人が３人。
「あの、離してもらえますか……？」
　制服を着崩していてちょっと怖い。
　髪は明るめの色でピアスは何個もつけられている。
　チャラい。それが第一印象。
　入谷くんもチャラいけど、こんなにガラの悪い感じではない。
「アリスちゃん、俺らと遊ぼうよ」
「仕事があるので……」
「これ短いね？　中は、なんか履いてんの？」
「ちょっ……やめてください」
「声もめっちゃかわいい」
　ガラの悪い他校生に捕まってしまい、どうすればいいのかわからない。
　とりあえず、この場から立ち去りたい。
　みんな忙しいみたいだし、ここは私１人の力でなんとか乗りきらなきゃ。

「私、戻るので！」
「お、急に強気になったぞ」
「おもしろいねぇ」
　え……なんでそうなるの……。
　歩美ちゃん！
　やっぱり１人じゃ無理で歩美ちゃんに助けを求めようと振り返ると、コーヒーをこぼしてしまった人のところで、いまだ手間取っている様子。
　他から見ても、私はただ注文を受けているだけに見えるのかもしれない。
「連絡先、教えて」
「仕事抜けだして遊ぼうよ」
「彼氏いる？」
　同時に話す彼らにどんどん涙が溜まってきてしまう。
　人見知りだし、怖いし、もう無理だ。
「えー泣いちゃうの？」
「やべぇかわいい」
「涙、拭ってあげようか？」
　無理！
　もう本当に無理！
　逃げたくてもワンピースの裾は掴まれたまま。
　助けて。
　この場から連れだしてよ。
　入谷くん……っ！
　心の中で呼んで入谷くんのほうを向くと、すでに目の前に彼の姿が。
「いり、やく……」
名前を呼んで見上げると、少しだけほほ笑んでくれた。
そのおかげで、さっきまでの不安な気持ちがスッと消えていく。
「お客さん、困ります」
「なんだよ、お前」
「注文してただけだろ」
入谷くんに対して文句を言いだす。
けど、入谷くんは顔にずっと笑顔を貼りつけている。
「では、代わりにご注文を伺わせてもらいます」
「アリスちゃんがいいんだけど」
「ご注文は？」
「聞いてんのかよ」
「ご注文は？」
入谷くんが私のワンピースを掴んでいる人にぐっと近づいて、低い声を出した。
いつものヘラヘラした声や態度じゃない。
そんな入谷くんは少し迫力がある。
「ね、ねぇよ」
「お客様のお帰りでーす！」
大きな声で言った入谷くんの声は、騒がしい教室にもよく響いた。
その声に反応してみんながこちらを見る。
「ありがとうございましたー！」

「ありがとうございました」
「あっしたー」
入谷くんの言葉に、クラスの人も合わせて続く。
居心地が悪くなったのか他校生３人組は、舌打ちをしてから席を立った。
掴まれていた裾は離してもらえたはずなのに、体が動かない。
「二度と来ないでくださーい」
入谷くんがにこやかに言って、他校生を送りだす。
それに対してまたも舌打ちをしたけど、それ以上は何も言わずに去っていった。

い、行ってくれた……。
そのことに対して腰が抜けそうになるも、入谷くんが素早く腕を掴んで支えてくれる。
「大丈夫？」
「う……」
「実行委員、悪いけど先に休憩入っていい？」
「今は少し落ちついたからいいよー」
「サンキュー」
そう言って入谷くんは私の手を取り歩きだす。
大丈夫？って言う問いに対して頷くことさえもできなかった。
今は用がない着替えスペースに入る。
そこにはもちろん誰もいなくて、少しだけ気が抜けた。

　そんな私をイスに座るよう促す入谷くん。
　座ってから私の前にしゃがみ込んでいる彼を見る。
「ありがとう。すごく助かった」
　まずはお礼。
　本当に入谷くんが来てくれなかったら、私はどうなっていたんだろう。
　まわりは私が絡まれていることに気づかなかった。
　みんな自分のことだけで精いっぱいだった。
　私だってそうだ。
　忙しくてまわりを見る余裕なんてなかったのに。
　だけど、入谷くんは気づいて助けにきてくれた。
「どういたしまして。伊都ちゃんが泣きそうになってるんだから、気づくに決まってるでしょ」
　優しい言葉に、安心感が出てきて涙がこぼれる。
　それを拭っていると、頭に入谷くんの大きな手が乗る。
「怖かったね。もう大丈夫だからね」
　子どもをあやすかのような言い方。
　それさえも入谷くんらしくて落ちつく。
　頑張って無理やり涙を止める。
　そして顔を上げて入谷くんの目を真っ直ぐに見る。
「心の中でね、入谷くんを呼んだの。そしたら本当に来てくれて追い払ってくれて私を連れだしてくれた」
　すごくうれしかった。
　今もこうやって私のそばにいて、不安にならないようにしてくれている。

泣くことを許してくれる。

「本当の本当にありがとう！」

入谷くんがいてくれてよかった。

頭に乗っている入谷くんの手を取り、顔の前に持ってきて両手で包み込む。

ふっとほほ笑んで入谷くんを見る。

「優しいね」

やっぱり入谷くんは優しい。

最低なときがあっても本当はすごくすごく優しいから。

入谷くんと目を合わせていると、なぜかそらされた。

「……やばいって」

そう呟いて空いているほうの手で自分の顔を覆う。

不思議に思っているとまたすぐに手を離して、再び私と目が合う。

その頬はほんのり赤く染まっている。

「かわいすぎてやばいからさ。伊都、抱きしめていい？」

入谷くんに呼び捨てされるのは嫌いだ。

なんでか、ドキドキとヘンに脈を打ちはじめて息苦しくなるから。

それでも呼ばれる響きはとても好きなんだ。

私は何も言わずに体が動くまま、自分から入谷くんの腕の中に飛び込んでいた。

それは引き寄せられるように自然に。

入谷くんの前だと、自分をコントロールすることができなかった。

変わっていくもの

　思わず入谷くんに抱きついてしまい、自分の行動に恥ずかしくなる。
　……何やってんだろ。
　そう思い離れようとすると、入谷くんの手が私の背中にしっかりと回り強く抱きしめ返された。
「伊都って小さい」
「うっ、うるさい！」
　ギューッと抱きしめられる力は強いけど強くない。
　なんて矛盾しているかもしれない。
　けど、すごく居心地がよいのはたしかだ。
「伊都のほうから来てくれるとは思わなかった」
「……」
　それは自分でも不思議なんだ。
　私は、いったいどうしてしまったんだろう？
　自分自身のことをよくわかっていない。
「ねぇ、なんで抵抗しないの？」
「……」
「伊都は今、何を考えてる？」
「……」
「こんなことされたら、俺、期待するけど？」
「……」
　入谷くんの質問に何１つ答えることができない。

だけど、離れるのが嫌でただ抱きしめる力を強くした。

これだけはわかる。

私の中の何かが変化している。

その何かは今の私にはよくわからない。

これはいったい……？

「なんなのか、教えてよ」

「え？」

「よくわかんない、自分が」

いつからだろう？

いつからか私は私に置いていかれてしまっていた。

ついていけない、自分の気持ちに。

自分の変化に。

ものすごい速さで変わっていて、心の奥がモヤモヤする。

いつからだっけ？

こんなに揺さぶられるようになったのは。

私が私じゃいられなくなったのは。

「入谷くん」

「ん？」

「名前、呼んで」

顔は見えない。

どんな表情をしているのかお互いにわからない。

わかるのは２人の熱い体温と声。

そして微かな心音だけ。

「……伊都」

「うん、もう１回」

「伊都」
「もう１回」
「伊都」
「ありがと。もういいよ」
　耳元で囁(ささや)かれる私の名前。
　あまり慣れていない声で呼ばれる名前にドキドキが止まらなくなる。
　京ちゃん以外の男の子に、下の名前を呼ばれることはなかった。
　だからすごく新鮮な気持ちになるんだ。
「伊都」
　もういいって言ったのにもう一度呼ばれる。
　そのまま続けて。
「好きだよ」
　甘さを含んだ声でのセリフ。
　顔が熱くなっていくのがわかる。
　私の肩を押して離れようとする入谷くん。
　だけど、今は顔を見られてはいけない。
「ダメっ」
　背中に回した手を強くするけど、あっさりと離されてしまいお互いの顔が見える。
　視界に映った入谷くんの顔は、私に負けていないんじゃないかってくらい赤かった。
　少し潤んだ瞳に吸い込まれそうになる。
「え？　入谷く……」

「伊都一、他校生に絡まれたって聞いたけど大丈夫？　持田が来た……」
「歩美ちゃん!?」
「伊都いた？」
　歩美ちゃんが突然入ってきて、驚きすぎて言葉を失う。
　その後ろに続いて京ちゃんも入ってきた。
　そして私たちを見た瞬間、厳しい表情になる。
「今井、ありがとう」
「え、あっどういたしまして」
「もう持ち場に戻っていいから」
「え、でも……」
　歩美ちゃんはこの尋常じゃない空気を感じ取ったのか、私をチラッと見る。
　本当は私もこの場から逃げだしたいけど、きっとそういうわけにもいかない。
　今は逃げてはいけないときだと直感で思った。
「歩美ちゃん、ありがとね」
「うん、じゃあ行くね……」
　心配そうな表情で私を見てから、ゆっくりとこの場を去っていく。
　歩美ちゃんがいなくなると、すぐに京ちゃんが近寄ってきた。
　無表情で真っ直ぐに私たちを見ている。
　すると、いきなり私の腕を掴んで勢いよく引っ張り、入谷くんと無理やり離される。

その拍子にイスがガタンッと倒れた音が響く。

「伊都に何してんだよ」

「何も」

「抱きしめてただろ」

「京ちゃん！　違うから！」

なんで京ちゃんがこんなに怒っているのかわからないけど、入谷くんが悪いわけじゃない。

だから止めようとするけど、京ちゃんは私の話を聞いてくれない。

「伊都に手を出すなって言ったよな？」

「なんでただの幼なじみに、そこまで言われなきゃいけないわけ？」

入谷くんは首を鳴らしてから、京ちゃんを見た。

今、他校生を追い払ってくれたときと同じ雰囲気が出ているように感じられる。

「伊都は俺のなんだわ」

「付き合ってるわけじゃないでしょ？」

核心をつくような入谷くんのセリフ。

たしかに付き合っていない。

だけど、京ちゃんは言っていた。

「妹みたいにずっと一緒にいたし大切だから、俺の背中だけを追っかけていてほしい。だから他の男には渡せない。伊都は渡さない」

祭りの日もそう言っていたよね。

だから私は追いかけるって決めて……。

「はっ。なんだそれ。どんな独占欲だよ。あんたの勝手な思いに伊都ちゃんを巻き込むな」
　入谷くんは睨むような鋭い瞳を京ちゃんに向ける。
　そう返すとは思わなかった。
　私は何も言えずにただ頷くことしかできなかった。
「大切な妹なら自立させてやったら？　いつまでも兄のことだけ思うわけないだろ？　妹にだって自分の世界があって、恋とかもするんだよ」
　入谷くんの真っ直ぐな言葉に、京ちゃんは一瞬眉を寄せて言葉を詰まらせる。
　けど、すぐにまた口を開いた。
「恋とかそんなのはただの気の迷いだ。勘違いしてんだよ。そんなのに一喜一憂して振り回される人の気が知れない」
「じゃあ、あんたは伊都ちゃんに関わるな」
「は？　なんでそんなのお前に……」
「中途半端な気持ちで伊都ちゃんに関わるなって言ってんだよ。本気で恋している人に謝れ。ずっとあんたを見てきた人に謝れ」
「意味わかんねぇ」
「あのなぁ……」
「入谷くん！」
　また何かを言おうとした入谷くん。
　だけどそれを止める。
　こちらを見る入谷くんに首を横に振った。
「伊都ちゃん？」

「いいの。もういいからさ、ありがとう」

入谷くんは私を、私の気持ちを守ろうとしてくれているんだよね。

それがわかったから、伝わってきたから。

その気持ちだけで十分うれしいよ。

私以上に私の気持ちを大切に思ってくれてありがとう。

「なんの話だよ」

怒っている様子の京ちゃん。

でも、京ちゃんには言えない。

言ってはいけないから。

「なんでもないよ」

そう言うだけで精いっぱいだった。

まだ納得していない様子の京ちゃんだけど、さっきあんなふうに言っていたのに今これを話せるわけがない。

「志貴ー、どこにいるの？　そろそろ休憩やめて戻ってきてー！」

そのとき、入谷くんを呼ぶ声が遠くから聞こえてきた。

困っている様子だから、入谷くん目当てのお客さんでも来たのかな？

「入谷くん、さっきは本当に助かったからありがとう。早く行ってあげて」

「……わかった」

返事をした入谷くんは一度だけチラッと京ちゃんを見て、すぐに行ってしまった。

残された私と京ちゃんはちょっとだけ気まずい感じ。
「あいつと何してたんだよ、こんなところで」
怒っている。
最近の京ちゃんは幼なじみの私でもよくわからないことが多い。
「他校生に絡まれたのを助けてくれたんだよ」
「じゃあなんで抱き合ってた？」
「慰めてくれてたんだよ」
笑顔で答える。
京ちゃんの前ではずっと笑顔でいないといけないから。
「こうしたら慰められるの？」
そう言って、私を包み込むように抱きしめてくれる京ちゃん。
だからまた、笑う。
「うん！」
大きく頷く。
そんな私の肩に頭を乗せた。
京ちゃん家のシャンプーの香りが鼻をかすめる。
「もうあいつと２人でいるのやめて。イライラしすぎてすげぇムカついておかしくなりそう」
京ちゃんのそのセリフには頷けなかった。
だから、京ちゃんの肩に手を置いて体を離し、ニコッとほほ笑む。
「京ちゃんのためにメニューにプリン入れたんだ。食べるでしょ？」

話をそらした私に眉間にシワを寄せたけど、普通の表情に戻ると頷いてくれた。
「食べる」
「やったー！　すっごくおいしくできたから期待しててね」
京ちゃんの手を引っ張り、着替えスペースを出る。
そして席に案内してプリンを出した。
おいしそうに食べてくれる京ちゃんを見て、ホッと胸を撫で下ろす。
入谷くんをチラッと見ると、女の子たちに囲まれてニコニコしていた。
いつもの入谷くんなのに、なぜだか胸がチクッと痛んだ。

悩む時間

文化祭は大成功で幕を閉じた。
売り上げも、入谷くんのおかげでか、３年生を抑えて全体のトップ。
担任が奢ってくれることはなかったけど、代わりに文化祭が終わった次の日にクラス全員で打ち上げ。
お好み焼き屋に来ている。
「いやぁ、１年でトップとかすごくない？」
「俺のおかげかな？」
「自分で言うなー」
入谷くんは目立つから、クラスでもよく騒ぐグループと同じテーブルにいる。
そのことに少しホッとした。
文化祭１日目のときに京ちゃんと言い合いみたいなことをしてから、私は入谷くんと話していない。
だから、ちょこっとだけ気まずかったりする。
京ちゃんともなんだかいつもどおりには話せない。
なんでかな？
「伊都、話聞いてもいい？」
隣に座っている歩美ちゃんの言葉に頷く。
文化祭は本当に大盛況で忙しくて、歩美ちゃんとゆっくり他のクラスの出し物を回っている余裕がなかった。
だから今、やっとゆっくり話せる。

私は最近の自分についてと、入谷くんと京ちゃんのことをすべて話した。
私だけじゃどうにも解決ができそうにないし。
「うわっ、そんなにややこしいことになってたの!?」
「なってたの……」
驚く歩美ちゃんにションボリする私。
たしかにややこしい。
何がなんだか当事者の私でさえついていけていない。
「伊都もいろいろ思うところがあるんだろうけど、本当はもう答えが出てるんじゃない？」
「へ？」
「だけど、それでいいのか迷ってる。今までのこともあるし」
歩美ちゃんの言葉に私はあまりピンとこない。
それは、明らかに答えが出ていない証拠だと思うんだけど……。
「これは自分で決めるしかないよ。いったんすべてをゼロにして考えてみたら？」
「もっと具体的に！」
「あたしの憶測だからあまり言いすぎると引っ張られて自分の本当の想いがわからなくなりそうだから、これ以上は言わない」
「えー」
「でも、これだけは言っとく。最近の伊都、無理している感じがなくて素で楽しそうだったよ」
ニコッと大人っぽい笑みを浮かべてから、歩美ちゃんはお好み焼きを食べはじめた。
　ヒントと言えるヒントではなかった気がするけど、これは私が考えなくちゃいけないことなんだ。
　そして私自身の答えを見つけないといけない。
　だったら、いっぱい悩もう。
　自分の気持ちについて。
　京ちゃんの気持ちについて。
　入谷くんのことも。
　最近の私はおかしいし、京ちゃんもおかしい。
　いっぱいいっぱい考えて答えを出そう。
「ほら、今日はたくさん食べるわよ！　オムそば食べる人ー？」
「はーい！」
「今井さん、わたしにも」
「はいはーい、待ってね」
　歩美ちゃんがこのテーブルを仕切ってくれる。
　オムそばを人数分に切ってみんなのお皿に乗せていく。
　気づかい上手だ……！
「みんな、注目！　席替えタイムだから、こっちから座っている人から時計回りに番号振って、各自席移動！　では、開始！」
「お前は合コンの幹事か！」
「いいから早く～！」
　席替えなんてっ！
　歩美ちゃんと離れちゃうじゃん。

「あたしが１番で伊都は２番だね」
「そんなあっさり!?」
「仕方ないでしょ。これを機に人見知り直しなさい。もう半年たつんだからクラスメートとは普通に話せるようにしないと」
　歩美ちゃん……冷たすぎるよ……。
　なんて思っても仕方がない。
　覚悟を決めて私も立ち上がって場所を移動する。

　そして新しいテーブルのところに座る。
「アリスちゃん」
「えっ？」
「すごくかわいかったよ」
　いきなり男子に話しかけられて驚いた。
　でも、これで少しは話しやすくなったかも。
「そんなことないけど、そう言ってもらえると、すごくうれしい……です」
「ですって敬語！　クラスメートだから普通に話してよ」
「あ、そうですね！　じゃなくて……そうだね？」
「あはは、相崎さんっておもしろい」
　笑われてしまったけど、気さくでいい人だな。
　人見知りの私でも、話せるくらいに。
「なになに？　もう盛り上がってんの？」
　私の斜め前に座って話に加わってくる別の男子。
　盛り上がっている、のかな？

　これから盛り上がればいいなって感じだよね。
「相崎さん、おもしろいんだよ」
「俺も話してみたい。同じクラスなのに話したことないよな？」
「たぶんないと思われます！」
　ビシッと言うとまた笑われる。
　笑いのツボが浅いみたいだ。
「たしかにおもしろいね。なんか変わってる」
「そ、それはどういう意味で？」
「いい意味で」
　ならよかった。
　ホッと安堵する。
「みんなして相崎ちゃんをからかわないのー」
　そう言いながら混ざってくるのは、男女関わらずいろんな人と仲がいいボーイッシュな女の子。
　すぐに友達みたいな感覚で楽しげに話していて、誰とでも打ち解けられるところが実は尊敬している。
　私もそんなスキルが欲しい。
「お前も相崎さんくらいに女子力つけろよー」
「今でも十分魅力的だろ？」
「うわっ、きめぇ。そりゃないわ」
　セクシーポーズをとる彼女に笑い転げる男子２人組。
　私もつられて笑う。
「お、志貴。こいつやばくね？」
「うわっ、めっちゃセクシー！　よっ！　日本一！」

「まぁまぁ」
　私のもう１つの隣に来た入谷くんは急に話を振られてもすぐにノリよく返す。
　さすがだなぁ。
　……って入谷くん!?
　私の隣に座って、距離が近くなる。
　なぜだかどんどん体中が熱くなってきた。
　意識したらダメだ。
　そう思うと余計に意識してしまう。
　気まずい……。
「伊都ちゃん、ソース取って」
「あ、はい」
「ありがとう」
　私からソースを受け取った入谷くんはいつもどおり。
　なんだ、私の考えすぎか。
　少し話していないだけで、気まずく思うなんて。
　できるだけ入谷くんを気にしないようにして、私もいつもどおりを装った。
　おもしろいことをしているのを見て笑って。
　お好み焼きを食べて。
　すごく楽しかった。

　時間はあっという間にすぎてしまい、終電の時間もあるため解散になる。
「歩美ちゃん、またね」

「うん。頑張りなさいよ」
「いろいろ話を聞いてくれてありがとう！」
　歩美ちゃんとは家の方向が違うから、お店を出てすぐに別れる。
　話を聞いてもらえて少しスッキリしたけど、謎は深まるばかりだった。
　私も帰ろう。
　同じ方向がいなくて１人だから、ちょっと怖いし遠回りでも明るい道を通って……。
「わっ！」
「きゃっ！」
　急に耳元で低い声が聞こえて、叫びながら振り返り身構えた。
　お店の明かりで照らされたそこには、ポケットに手を突っ込んだ入谷くんの姿。
「なんだ、入谷くんか。おどかさないでよ、バカッ！」
「ははっ、ごめんごめん。怖いかなって思ったから家まで送ろうと思って」
「さっきのほうが怖いわ！」
　心臓がバクバク鳴っている。
　本当にびっくりした。
　夜道でこんなの危険すぎる。
「って、いいよ送らなくて」
「伊都ちゃんを１人で帰らせるのは俺が許さないから」
　そう言って、私の家のほうへ歩きだす。

きっと何を言っても送ってくれようとするし、１人はたしかに怖いから、ここは素直に甘えておこう。

「ありがとう、またお礼するね」

「お礼はちゅ」

「入谷くんの好きなガトーショコラでも作ってあげる！」

「はは、ありがと」

入谷くんの言葉をすかさず遮った。

もうわかってきたもん。

次にどんなことを言ってくるのかって。

「すごい暗いね。これは危ない」

「入谷くんのほうが危ない人だけど」

「何？　オオカミってこと？　ガオー」

「ヘンなのー」

他愛ない話をしながら私の家までの道を歩く。

私の歩くペースに合わせてくれることはもう知っている。

何も考えていないようで実は誰よりまわりのことをよく見ていて、人に合わせることができる。

彼は、そういうのを自然にやってしまうような人だ。

「送ってくれてありがとう」

家の前まで来てお礼を言う。

おかげで暗かったけど、あまり怖くなかった。

入谷くんがたまにおかしなことを言って笑わせてくれたから、余計に怖さは吹き飛んでいた。

「気をつけて帰ってね」

「うん。その前に大事な話、いい？」
　声のトーンが低くなる。
　入谷くんが真剣なときの声。
「……うん」
　何を言われるんだろう？
　心臓がドクドクと嫌な音を立てはじめる。
「そろそろ、俺のこと考えてほしい」
「……え？」
「一昨日から俺は少し期待しちゃってる。焦らせたくないけど、今しかないんじゃないかって思ってるから」
　それは入谷くんの気持ちに応えるということ？
「幼なじみから気持ちが揺れてるみたいだし、だったら今がチャンスだよね？　だから俺のこと、真剣に考えてみて」
「……ん」
　短く返事をすると私の肩に手を回し、強い力で引っ張られた。
　そしてそのまま入谷くんの腕の中に閉じ込められる。
「絶対泣かせない。だから、俺にしとけよ」
　強く抱きしめられて、耳元でそれだけ言うとすぐに体を離す。
「じゃあね」
　私の頭を１回ポンとすると、すぐに来た道を戻っていく。
　その背中を見つめながら、感情が複雑に絡み合うのを感じた。

やっぱりヒーロー

『そろそろ、俺のこと考えてほしい』
　そう言われてからずっと考えている。
　だけど、考えても考えても答えが出ないまま１週間がすぎた。
　私は入谷くんのこと、嫌いだった。
　大嫌いだった。
　無理やりファーストキスを奪って、失礼なことばっかり言って、私をからかって楽しむし。
　かと思えば、私が泣きたいときや泣いているときはいつもそばにいてくれた。
　どんな私でも受け入れてくれる。
　私の気持ちをいちばん理解してくれている気がした。
　でも、京ちゃん。
　私には京ちゃんがいる。
　物心つく前から大好きな幼なじみ。
　京ちゃんは私が追いかけてくるのを望んでいる。
　恋愛感情はなくても、私にそばにいてほしいと思ってくれている。
　以前、苦しんでいる京ちゃんの心の隙間を埋めてあげることができなかった。
　京ちゃんがいちばん辛いときに、もっと強引にでも踏み込んでおけばよかった。

それは、きっと今からでも間に合うはず。
だから私は……。
「伊都！　早くしないと遅刻するよ！」
お母さんの声で、のそのそとベッドから下りる。
目が覚めてすぐにまた考えてしまっていた。
私は何度考えても、必ずここに行きつく。
もう答えは出ている。
それでもこんなに悩んでいるのはきっと……本当にこれでいいのか迷っている。
そう、歩美ちゃんの言うとおりなんだ。
歩美ちゃんは私の気持ちをすべて理解してくれていた。
その上で私に考えさせた。
この壁に立ち向かわせた。
私が自分で考えなければいけないところ。
答えは出ている。
出ているんだけど……。
「伊都!!」
「あ、はいっ！　行きます!!」
お母さんに怒られてしまい、急いで準備をしてリビングに行く。

朝食をとって家を出ると、いつもどおりの京ちゃん。
「京ちゃんおはよう」
「おはよ」
笑顔で挨拶を交わすと並んで学校へ。

　この時間も幸せ。
　私の大切な時間の１つ。
「最近寒くなってきたね」
「そうだな。伊都は風邪ひきやすいんだから気をつけろよ」
「はーい」
　私のことはなんでも知っている京ちゃん。
　京ちゃんが知らないのは私の気持ちだけ……。

　他愛ない話をしているとあっという間に学校につき、昇降口で靴を履き替えようとする。
　……何これ？
　下駄箱を開けると私の上靴が水浸しになっていた。
　その上には汚れた雑巾。
　これはどっからどう見てもいじめ、なんだろうな……。
　初めての経験に戸惑う。
「伊都？　どうかしたか？」
「あ、いや！　そういえば上靴を洗おうとして持って帰ったんだけど、持ってくるの忘れちゃった」
　こういうときだけ、すぐに嘘の言葉が思いつく。
　とっさに出たセリフはそこまでおかしくないはず。
　ヘラヘラ笑っている私に、呆れ顔の京ちゃん。
「スリッパ借りてくるから待ってろ」
　そう言って、京ちゃんは走ってスリッパを借りてきてくれた。
　それを履いて教室へ行く。

「あ、伊都おはよー。ってなんでスリッパ？」
　緑色のスリッパは少し目立つ。
　この学校の上靴は、普通の屋内シューズみたいなものだからとくに。
「ちょっと、ね……」
「誰にやられたの？」
「……わかんない」
　察してくれた歩美ちゃんが真剣な表情で聞いてくるけど、誰だか見当もつかない。
　昨日までは普通だったから。
「どこのどいつか知んないけどムカつくわね」
　私の代わりに怒ってくれる歩美ちゃん。
　私のことでこうやって怒ってくれたり心配してくれるのは不謹慎だけど、すごくうれしい。
「絶対見つけたら１発ぶん殴ってやる。いや、１発じゃ足りない！　往復ビンタ10回以上しないと気が済まない！」
「あはは、痛そう」
　苦笑いをするけど、心は痛む。
　私のせいで、誰かに嫌な思いをさせちゃったのかな？
　正直思い当たる節はまったくない。
　無意識にしていたことなら、なかなか気づくこともできない。
「伊都ちゃんどうしたの？」
「あ、上靴を洗うために持って帰ったら持ってくるの忘れちゃった」

入谷くんに声をかけられて、京ちゃんに言ったことと同じ理由を言う。

じーっと私の足元を見つめる入谷くん。

「それ目立つじゃん。俺の履きなよ」

「いや、そっちのほうが目立つし別にいいよ！」

「履いてよ」

入谷くんは私のスリッパを脱がし、自分の上靴を履かせる。

ほぼ強制的に。

「ぶかぶかだよ」

「伊都ちゃんの足が小さいだけでしょ」

「やっぱりいいよ！　スリッパのほうが落ちつく」

男子にしてはキレイな上靴。

すごく大きいから、私が履くと夢の国の某キャラクターみたいだ。

それを脱ごうとするけど、入谷くんは止める。

「これで俺の気が済むんだから履いといてよ」

ニコッとほほ笑むと、この場から離れていく。

強引なところは変わってない。

自分で決めたことは通してしまう。

マイペースだけどそれは自分に正直で大事な部分は他人に合わせないってこと。

しっかりと自分を持っていて真っ直ぐな入谷くんがうらやましかった。

傷ついた心が入谷くんによって、少しだけ修復される。

「入谷、やるじゃん」

歩美ちゃんの言葉は頭に入らず、窓際でクラスメートと楽しげに話す入谷くんを、ずっと見ていた。

だけど、これだけじゃ終わらなかった。

その日は教科書にいたずら書きをされたり、どこからかゴミを投げられたり。

近くに犯人がいるってことはわかった。

けど、それ以上は何も手がかりがない。

私が１人でいるときを狙ってくるからたちが悪い。

犯人なんてそう簡単に見つかるわけがない。

どこから来るかわからないいたずらに、私は怯えてすごしていた。

次の日も同じようなことが続き、３日目。

今日も相変わらず同じようなことが起こる。

ここまでされて手がかりを掴めないなんて、私って鈍いのかもしれない。

なんて今さら自分の性格について知っても意味がない。

歩美ちゃんもキレているし、なんとかやめてもらえるようにバシッと文句を言ってやる！

と意気込んで、放課後に張り込み。

別棟から私のクラスを監視する。

みんな帰ってしまい、１時間くらい見ていたけど誰も来ない。

……もしかしてすでに仕込み済み？

確認しに行こうと教室に戻るために廊下を歩いていると、微かに声が聞こえてきた。

別棟では部活動をしているところもないし、いったい誰がいるのかな？

そんな軽い気持ちで、声の聞こえてくる教室の中を覗いてみた。

「えっ……」

そこには向き合う男女。

京ちゃんとひろちゃんがいた。

なんでこんなところに？

まさかまた……？

そう思ってもその場から動くことはできない。

入谷くんがいまだに貸してくれている上靴を見て、そっと触れる。

「ずっと待ってたんだよ。あれからまったく遊んでくれないから。やっぱり戻ってきてくれたんだね、信じてたの」

ひろちゃんがそう言いながら京ちゃんに近づいて、京ちゃんの肩に手を置く。

「あんなに冷たくしたのも作戦なんでしょ？」

頬をすり寄せるように、京ちゃんの胸板に顔をつける。

何しているんだろ、私。

これじゃいつもと同じじゃん。

もう行こう。

泣きたくなる前に決心して歩きだそうと１歩踏みだしたときだった。

ば、バカにアホ……。

京ちゃんひどいよ。

「自分1人で抱え込むなって」

「助けを求める前に助けてくれるなんて、京ちゃんはやっぱりヒーローだね」

困ったときに現れて助けてくれる。

いち早く気づいてくれる。

「最高のヒーローだよ！」

「そんなかわいい笑顔を見せてもダメ。また何かあればすぐに言うこと！」

「はぁーい」

手を挙げて返事をする。

京ちゃんも満足げな顔をした。

私のために動いてくれてたのうれしいよ。

もし、今日この光景を目撃しなかったら、京ちゃんはきっと隠してたんだろうな。

私に何も言わずに、嫌がらせが終わったことに対して1人で頷いていたに違いない。

「帰ろっか」

「うん」

京ちゃんと一緒に帰る道は楽しかった。

京ちゃんはいつだって、私だけの大好きなヒーローなんだ。

変わる関係

　犯人が、ひろちゃんだとわかった。
　その次の日、いつもの嫌がらせはなくなっていた。
　京ちゃんのおかげだ。
　学校についても、普通に生活しているときも、何も起こらない。
　３日で嫌がらせがストップするとは思っていなかったからホッとする。
　犯人の手がかりさえ掴めなかったから、当分は我慢しなきゃいけないと思っていたけど。
「歩美ちゃん、平和っていいね！」
「あたしはあの女を今すぐにでもやってしまいたい」
「何を!?」
　歩美ちゃんの怪しいセリフと表情に、危険な雰囲気を感じた。
　でもこんなに怒ってくれる友達がいるのはうれしいことだなぁとしみじみ。
　今にも殴り込みにいきそうな歩美ちゃんを止めながら、ホッと一息つく。
　ひろちゃんにどんなことをしてしまったのか、私にはわからないけど気をつけよう。
　行動する前に、言葉を発する前に、誰かを傷つけてしまわないか。

一度しっかりと考えてみよう。

そして放課後。
「あ、私、今日ゴミの当番だ」
「なんか今日はやけに多いけど、手伝おうか？」
この学校は掃除を昼にして、まとめたゴミは当番制で放課後に回収所に持っていかなくてはいけない。
私はその当番らしい。
「気持ちだけありがとう！　もうすぐ試合って言ってたし、早く行って少しでも多く練習してね。ふぁいとっ！」
優しい歩美ちゃんの心遣い。
その気持ちだけで本当にうれしいから。
「そう？　じゃあ行ってくるね」
「また明日」
歩美ちゃんに手を振り見送る。
私はよいしょっと両手でゴミ袋を持ち上げた。
教室を出る前になんとなく入谷くんをチラッと見ると、友達に囲まれて楽しげに話していた。
そのあとすぐに回収所に向かうけど、見た目以上に重たくて大きなゴミ袋を持って歩くのは大変。
帰る人や部活に向かう人とすれ違うときは、チラチラ見られて恥ずかしい。
なんでこんなときに限ってパンパンなんだろう!?
心の中で文句を言いながらもせっせと運ぶ。
回収所についてゴミ袋を置き、やっと帰れる！と解放感に浸る。
　早く教室に荷物を取りに行こう、と振り返れば、目の前には……ひろちゃん？
　どうしてこんなところに？
　と疑問に思ったのも束の間、いきなり肩を強く押され後ろ向きに倒れて尻もちをつく。
「いったー……」
「あんたのせいで！」
　急に大きな声を出すからビクッと肩が上がる。
　なんのこと？
　顔を上げるとひろちゃんの怒った顔。
「あんたのせいで京介くんに嫌われたじゃない！」
　もしかして昨日のことで……？
　そう考えると辻褄（つじつま）が合う。
　ひろちゃんは私の胸ぐらを掴んで、無理やり立ち上がらせる。
　首が締まり息がしづらい。
「は、なし……て」
「幼なじみだからってなんなのよ！　でしゃばってこないでよ!!」
「っ……う……」
　苦しくて目に涙が浮かぶ。
　息ができない。
　ひろちゃんは京ちゃんのことで私を嫌ってたんだ。
　ひろちゃんは京ちゃんが好きって言ってたもんね。

　きっと今、頭に血が上って冷静さを欠いている。
　でも、だからってこんなこと……。
「いい子ぶっちゃってムカつく！　何が京ちゃんだよ！かわいこぶりっ子なんだよ！」
「ひろちゃ……はな……」
「わたしだって京介くんのこと好きなのに！　本当に大好きだったのに……」
　ひろちゃんの想いはわかった。
　でも、だからってこんなことはやめて……。
　抑えられなくなった涙が頬をそっと伝う。
　苦しい。
　私なんて、京ちゃんに恋愛対象として見られていないんだよ。
　だからそんなことを言われても困る。
　だんだんと何も考えられなくなってきた。
　頭がボーッとして、力が抜けていく。
　どんどん視界が白くなっていく中、頭にある人の顔が浮かんだ。
　助けて……っ！

「何やってんだよ!!」
　怒鳴り声が聞こえてすぐに、酸素が一気に入ってきた。
「ゴホッゴホッ……」
　その場にへたり込んで、むせ返りそうになりながらもなんとか抑える。

私の背中をさすって顔を覗き込んでいるのは、さっき頭に浮かんだ入谷くんだった。
「伊都ちゃん大丈夫？　……じゃないよね」
涙を流して咳き込む私に、入谷くんはだんだんと顔が怖くなっていく。
そして立ち上がり、ひろちゃんに1歩足を進める。
ひろちゃんは入谷くんの迫力に負けてか、1歩あとずさった。
それでも追いつかないくらいの勢いで、ひろちゃんに迫る。
目の前まで来ると、入谷くんはひろちゃんの胸ぐらを掴んだ。
さっきと逆の立場になる。
「俺さ、女の子に乱暴はしない主義なんだけど……これは例外でいいよね？」
胸ぐらを掴まれているのにひろちゃんは、そこまで苦しそうではなさそう。
シャツを掴んでるだけで、入谷くんが加減をしているんだと悟った。
「伊都に何してくれてんの？」
「っ……」
「ちなみに言い訳しても無駄だから。上から丸見えだったし」
「でも……！」
「でもじゃない。低レベルな嫌がらせをした次は直接伊都に暴力？」

入谷くんも気づいて……？

目を見開く。

京ちゃんにも入谷くんにもバレていて、嘘ついた意味はなかったんだ。

しかも今、こうやって助けに来てくれた。

もしかして気にかけてくれてたのかな？

入谷くん……。

「ごめっ……なさ……」

ひろちゃんが震えた声で謝罪の言葉を口にするけど、入谷くんは離さない。

こちらに背中を向けているからどんな表情をしているのかはわからない。

けど、ひろちゃんの怯えて固まった表情は見えるから、きっとすごく怖い顔をしているんだろう。

「言う相手が違うよね？」

パッと手を離して、入谷くんが振り返る。

私はまだ座り込んだままで動けない。

腰が抜けてしまったみたいだ。

「……ごめんなさい」

目に涙を溜めて頭を下げて謝ってくれたひろちゃんに、思わず私も頭を下げる。

好きな気持ちが大きくなりすぎると、こんなことになってしまうんだ。

なんで私なのかはわからない。

けど、ひろちゃんも辛かったんだよね。

私だって京ちゃんのことが好きでたまらなくて、すごく辛かったから気持ちはわかるよ。

でも……。

「もうこんなことはしないでほしいな。傷つくから……」

「ご、めんなさい……」

「うん、もういいよ」

私の言葉を聞いたひろちゃんは視線を上げ、やっとちゃんと目が合った気がする。

だから少しだけ口角を上げてほほ笑む。

「優しすぎじゃない？」

入谷くんに聞かれるけど、首を横に振る。

そんなことないよ。

「本当はすごく腹立ってる。なんで私がこんな思いしなきゃいけないんだって。でも、ひろちゃんは私と似てると思ったから」

気持ちがわかるから。

私も何かのきっかけがあれば、ひろちゃんと同じような行動をとっていたかもしれない。

私の中にも、そんな悪い考えがきっといるから。

「それに、入谷くんが怒ってくれたから。これ以上責められるのは、ね」

しかも私なんかに言われたくないよね。

「そっか。まぁ俺も関係ないのに首突っ込んじゃったからごめんね」

入谷くんが、ひろちゃんに手を出す。
そのまま強引にひろちゃんの手を握り握手をした。
「仲直り。女の子には優しくしないといけないけど、ちょっと乱暴だった。でも、ひろちゃんも悪いことしたからお互い様で」
「うっ……ごめっ……」
「はいはい、泣かない」
泣きだすひろちゃんに入谷くんが頭をポンポンする。
それを見てズキッと胸が痛む。
……あれ？
なんで私、今、嫌とか思ったんだろう。
「じゃあもう行きなよ」
「相崎さん、本当にごめんね」
コクリと頷いてから、私のほうを向く。
「うん」
返事をするのを確認してから、ひろちゃんは足早にこの場から去った。

ここに私と入谷くんが残される。
立ち上がろうとするけど、まだ足に力が入らなかった。
「腰抜けてるの？」
「う、うん……」
入谷くんは軽く笑いながら私の元に来る。
そしてしゃがみ込むと、私を包み込むように抱きしめてくれた。

「怖かったね」

背中をさすってくれる入谷くんに安心して、我慢していた涙が溢れてくる。

いつも私が泣きたいときに現れるんだから。

そして慰めてくれる。

怖かった。

怖かったけど、すごく安心できて心が温かくなった。

「……入谷くん」

背中にそっと手を回す。

いつからだろう。

私はこの温もりが大好きになっていた。

気がついたら入谷くんは簡単に私の心の中に入り込んでいた。

いつのまにか、そこにいたんだ。

背中に回した手にギュッと力を込める。

「いり……」

「……前にも言わなかったか？」

そこにタイミング悪く低い声が聞こえる。

よく知っている声で、デジャヴ。

もう誰かなんて声だけですぐにわかる。

「伊都に気安く触んなよ」

その声と同時にさっきまでの優しい温もりは消える。

代わりに別の人、京ちゃんが私の肩に手を回す。

そのまま、支えられるように立ち上がらせられる。

「京ちゃん、違うよ。入谷くんは私のこと助けてくれたんだよ」
「は？」
「ひろちゃんといろいろあったところを、入谷くんが止めてくれたの」
　京ちゃんは入谷くんを誤解している。
　見た目はチャラいけど、中身はいい人なんだから。
「あいつが？　昨日言ったのに」
「うん。だから入谷くんのこと嫌わないで」
「伊都ちゃん……それは何か微妙かも」
　目の前にいる入谷くんは苦笑している。
　だけど、すぐにまたパッと戻る。
「あんたこそわかってるの？　自分のせいで伊都が苦しんでるって。どんだけ泣かせるんだよ」
「意味わかんねぇ。それに勝手に呼び捨てすんなよ」
「いいじゃん。俺だったら伊都のこと泣かせない。あんたみたいな中途半端な奴なんか……」
「俺、伊都のこと好きだよ」
「え？」
　入谷くんの言葉を遮った京ちゃんのセリフに、驚きの声が漏れる。
　京ちゃんを見上げると、こっちをチラッと見たけどすぐにそらされた。
「イライラすんだよ。伊都が他の男に触られてると、話してると。すっげぇイライラする」

少し目線を落としている京ちゃん。

声のトーンがいつもより弱々しい。

「気づいたんだよ。俺のことずっと見ててほしいとか追いかけてほしいとか。伊都は俺だけで独占したいって思うのはなんでか」

そう言って京ちゃんは今度こそ私をしっかり見る。

「これが好きってことなんだろ？　これが恋ってやつなんだろ？　恋愛感情なんだろ？」

「京ちゃ……」

「伊都、好きだ」

京ちゃんから、こんな言葉をもらえる日が来るとは思ってもみなかった。

ずっと夢見てた。

いつかこんな日が来るのを。

京ちゃんが私だけを見てくれるときを。

もう諦めていた。

なのに今、京ちゃんは私のことを『好きだ』と言ってくれた。

「伊都のこと、好きだからお前には渡せない」

京ちゃんから視線を入谷くんに向ける。

すると目が合った。

切なげで少し遠い目をしている入谷くんに、また胸がズキッと痛む。

「入谷く……」

「伊都ちゃん」

　私が名前を呼ぶより先に呼ばれる。
「よかったね」
「え……？」
　無理やりに笑顔を作っているのがわかる。
　だって、いつもみたいにその笑顔で私は何も感じられないんだもん。
　入谷くんの笑顔はまわりを明るくするはずなのに、気持ちは重くなるばかり。
「伊都ちゃん、ずっと幼なじみのこと好きだったじゃん。やっと両想いになれたんだよ！　長年の片想いが実ってよかったね」
「入谷くん！」
「……２人とも、お幸せにね」
　私たちに背を向けて、それだけ言うと入谷くんは行ってしまった。
　その背中をずっと見つめる。
　なんでか、胸が締めつけられて苦しくて、止まったはずの涙がまた溢れそうになる。
「伊都、さっき言ったことマジ？　ずっと俺のことが好きだったって……」
「……うん」
「やばい、すげぇうれしい」
　京ちゃんは私をそっと抱きしめてくれる。
　けど、私はそのまま棒立ちになっているだけ。
「今まで伊都の気持ちに気づかなくて、辛い思いさせてきたってことだよな。俺、何やってたんだろうな」

京ちゃんがギューッと抱きしめる腕を強める。

私は我慢できなくて涙を流す。

「絶対に幸せにするから。もう他の女と遊ばないし、伊都だけを大事にする。初めてこんな気持ちになったんだ」

なんでこんなに涙が溢れて止まらないんだろう。

京ちゃんがこんなにたくさんのうれしい言葉をくれているのに、私の心は空っぽになってしまったような気がする。

京ちゃんの前では笑わないといけないのに、上手く笑うことができない。

「伊都、好きだよ」

15年間待ち望んでいた瞬間。

それなのに、私は京ちゃんに気づかれないよう声を押し殺して涙を流し、幸せなはずの腕の中で突っ立っていた。

最終章

叶ったはずの想い

「伊都、おはよ」
　家を出ると京ちゃんが挨拶をしてくれる。
　私を見るなりパッと笑顔になった京ちゃんはすごくかわいい。
「おはよ」
　私も返して京ちゃんの隣に並ぶ。
　その瞬間、手を繋いできて、指を絡められる。
　今までも一緒に登校してきたけど、こんなのは初めて。
　手を繋いだことは何回もあるけど、外で指を絡めて繋ぐということはなかった。
　こうなったのも、私たちが昨日付き合いはじめたからだって再認識させられる。
　すごくうれしい。
　うれしいはずなのに……なんでかモヤモヤしている。
　どうしてこんな気持ちになるのかな。
　京ちゃんといて、こんなに言い表せられないような複雑な気持ちになったことはない。
　だからわからない。
　私にはこれがなんなのかわからないんだ。
　少なくともいつものドキドキと違うことはわかる。
　京ちゃんといて、胸がきゅーっと締めつけられるような感じになるのはいつものことだけど、今日はその感じもへンに痛いんだ。
「いつもと一緒なのに、なんか違うな」
「そうだね」
「すげぇ幸せなんだよ。関係が変わっただけで、こんな気持ちになるなんて、俺って相当伊都のこと好きなんだな」
　真っ直ぐに気持ちをぶつけてくれる京ちゃん。
　ずっと夢見てたのに。
　また泣きそうになってしまう。
　幸せすぎて泣きそうなのかな？
　片想いの期間が長すぎて実感がないのかもしれない。
　だって本当に京ちゃんのことが好きで好きで仕方なかったんだもん……。

　他愛もない話をしながら学校に行く。
　いつもと同じなのに、昨日とは違う。
　同じではなくなった。
　なんだろう。
　私は何が気にかかっているんだろう。
「あ」
　校門前に来たとき、ちょうど入谷くんが前から歩いてきていた。
　イヤホンをして、ポケットに両手を突っ込んで歩いている。
　入谷くんが目線を上げたとき、目が合った気がした。
　だけど、すぐに少し下に目線が落ちる。

「伊都ちゃんおはよう。朝からお熱いね」

ヘラヘラ笑っている入谷くん。

昨日の切なげな表情の面影はない。

「お、おはよう」

なんとか挨拶を返すと、入谷くんは「じゃ」と手を軽く振ってから早々と歩いていってしまった。

その後ろ姿を眺める。

いつもどおりだと思ったその背中が、寂しげに見えるのは気のせいなのかな。

「伊都？」

「あ、何？」

「ボーッとしてどうかしたのか？」

「ううん、何か忘れ物しちゃってる気がして」

「相変わらずだな」

「そんなことありませーん」

私を笑う京ちゃんに軽く言い返す。

京ちゃんが笑ってくれると私もうれしい。

私が京ちゃんを救ってあげたいんだ。

今まで助けてもらってばかりだったから。

その気持ちは変わらない。

だから、このモヤモヤも泣きたくなるのもきっととくに意味はない。

そういう時期もあるって。

京ちゃんと放課後に一緒に帰る約束をして、お互いの教室に向かう。

「歩美ちゃん!!」
　教室に入ってすぐに、ついさっき来たばかりの様子でカバンを机の上に置いている歩美ちゃんに抱きつく。
　歩美ちゃんは驚いたように、一瞬のけぞるけどすぐに態勢を立て直した。
「伊都!?　どうしたの？」
「歩美ちゃーん」
　私はただ歩美ちゃんに抱きついて名前を呼ぶ。
　あぁ、落ちつく。
　歩美ちゃんはやっぱり私の気持ちを静めてくれる。
「こら、話を聞け！」
「いでっ」
　歩美ちゃんに抱きついて体を揺らしていると、頭にチョップをくらってしまった。
　思わず鈍い声が出る。
　歩美ちゃんから離れて頭をさする。
「痛いよ？」
「痛くしたのよ。で、何かあった？」
「あのね……京ちゃんと付き合うことになったの」
「ほんとに!?　よかったじゃない！　ずっと好きだったもんね」
「うん、そうなんだけどね……」
　どうしても気持ちが煮えきらない。
　ずっと好きだったのに、自分の気持ちが冷めているように感じるのはなんでなんだろう。

まるで、欲しいものを手に入れた瞬間に飽きてしまった大金持ちみたいな気持ちだ。
いや、実際に大金持ちがそうなるのかは知らないけど。
「私ってこんなに最低な人だったんだなぁって」
今の私、京ちゃんの気持ちに応えられる自信が正直ないんだ。
理由なんてわからない。
「それってさ、わからないんじゃなくてわかりたくないんじゃないの？」
「え？」
「自分の中で答えは出てるって前にも言ったじゃん」
「……ん」
「まぁどうするにしろ伊都が決めたことなら私は応援するからね」
「歩美ちゃん、好き。結婚しよ」
「それは無理！　絶対に嫌！」
そんな拒否しなくても……。
でも歩美ちゃんに話したら少しスッキリ。
自分の考えが、前に話したときからあまり進歩はしてなかったけど。

それから授業がはじまり席に戻る。
授業の内容なんて頭に入ってこない。
そして授業が終わった間の休憩も、その次の休憩も。
……入谷くんが私の席に来ることはなかった。

昨日までなら、休憩のたびに私のところに来て話しかけてくれたのに。

今日は一度もそれがない。

入谷くんとの会話は朝に挨拶を交わした一度だけ。

寂しくなって入谷くんをチラッと見る。

だけど、入谷くんはクラスの男女に囲まれて楽しげに話していた。

うん、本来ならあれが普通なんだよ。

私のところに来てくれていたのがおかしかったんだ。

なんでだろ、気分が下がっていく。

『自分の中で答えは出ている』

歩美ちゃんに言われたことを思い出す。

決まっているなら迷ってないよ。

『わからないんじゃなくてわかりたくない』

わかってしまったら、私は本当に最低になってしまう気がする。

自分の気持ちに不安になってしまう。

だから私は自分の核心に触れる部分を避けている……って本当は気づいているんだ。

「伊都、次移動！」

「あ、忘れてた！」

急いで次の授業の準備をして、立ち上がる。

歩美ちゃんと一緒に教室を出ると、目の前に入谷くんがいた。

そういえば私、昨日のお礼を言っていない。

　言おうとしたときに京ちゃんが来たから。
「い、入谷くん！」
　声をかけると、入谷くんがゆっくりと振り返る。
　歩美ちゃんは気を遣ったのか、私を追い越して少し前で待機してくれた。
「どうしたの？」
　いつもどおりなのに全然違う。
　そのことに少し寂しく思ってしまった。
「あ、あの。昨日はありがとう！　まだ、お礼言えてなかったから」
「いえいえ。別に気にしなくてよかったのに」
「でも、ちゃんと言いたかったから」
「そっか。じゃあ移動だから早く行かないとね」
　一度も目を合わせることなく、私に背を向けて歩きだす。
　え、なんで？
　なんでそんなにあっさり行っちゃうの？
　いつものようにお礼は、とか冗談言わないの？
　もうそんなふざけることさえできないの？
「入谷くん！」
　思わず入谷くんの腕を掴んでしまう。
　立ち止まって顔だけこちらに向けると、ふっと柔らかい笑顔を作る。
　それは昨日の切なげな表情と重なった。
　私の手に自分の手を重ねて、離されてしまう。
「彼氏が勘違いするからダメでしょ？　また俺が怒られ

ちゃうじゃん」

「っ……」

　下唇を噛みしめる。

　胸が張り裂けそうなほどに痛い。

　この苦しさを私は知っている。

　これは、京ちゃんが他の女の子と一緒にいるのを見たときとよく似た痛みだから。

　なんで、今なるの……。

「早く行かないと遅刻するよ？」

　それだけ言って、入谷くんは先に歩いていってしまう。

　入谷くんのことを待っていた男女のグループに囲まれて歩いていく。

　私は泣きそうになるのを堪えて、歩美ちゃんの隣に並んだ。

　歩美ちゃんは何も言わずに優しくほほ笑んでくれる。

　きっと歩美ちゃんにはバレバレなんだ。

　私の心の奥底にある気持ちまで。

　でも、認めていいのかわからないから。

　自分勝手すぎるから。

　そんな思いに悩んでいると、あっという間に放課後になっていた。

　自分の席でポケーッとしていると、私の頭に手が乗って顔を上げる。

「帰ろ」

「あ、うん！」
　京ちゃんが教室まで迎えに来てくれるの初めてだよね。
　本当に他の女の子とは遊ばずに私のところに真っ直ぐに来てくれたんだ。
　立ち上がってリュックを背負う。
　またチラッと入谷くんを見ると、やっぱりクラスメートに囲まれている。
　女の子に肩に手を置かれたり、髪をいじられたりしている。
　私はそっと目を伏せ、京ちゃんと一緒に教室を出た。
「お腹空いたな。どっか寄ってく？」
「うん、いいと思う」
「ドーナツ？　それとも最近できたパンケーキの店？」
「うん、いいと思う」
「……伊都？」
「うん、いい……あ、ごめん！」
　すごくボーッとしてた。
　京ちゃんが不思議そうに私を見ている。
　えっと、なんだっけ？
　ドーナツって言ったよね？
「ドーナツがいい！」
「……いや、もう帰ろう」
「え、でもっ……」
　京ちゃんは自然に繋いでいた手を引っ張り、家のほうへ向かう。

やってしまった。

なんでこんなに上の空になっているんだろう。

家の前につき、京ちゃんが手を離す。

「様子おかしいし、疲れてるのかもな。ゆっくり休めよ」

「京ちゃ……」

「あーもう」

京ちゃんはちょっと怒ったようにそう言って、私を抱きしめる。

ギュッと強い力で。

「ほんとかわいすぎるから。あんまり俺のこと見上げるなよ」

だけど、そのときにはすでに顔を上げてしまっていた。

今、京ちゃんがどんな表情をしているのか気になったから。

京ちゃんは少し照れたような顔をしていて、その顔もあまり見たことがない顔だった。

今日は京ちゃんの初めてがいっぱい。

貴重な京ちゃんばかりだ。

「もう、バカ……」

そう言うと、京ちゃんは体を離して私を引っ張りドアを開け京ちゃんの家の玄関に入る。

「んっ……」

入った瞬間にドアに体を押しつけられて唇を塞がれた。

突然のことに驚いてしまい、目を見開く。

私の視界いっぱいに京ちゃんの伏し目がちの顔。

　京ちゃんの肩に手を置き、離れようとするけど離してくれない。
「伊都、伊都っ……」
　何度も私の名前を呼ばれて、肩に置いた手の力が抜ける。
　私、何しているんだろう……。
　本当はもう……わかっていた。
　今は京ちゃんのこと、好きだけど好きじゃないって。
　京ちゃんよりも好きな人ができてしまったって。
　だけど、それを言えば京ちゃんはまた戻ってしまうんじゃないかって怖いから。
　私は京ちゃんの想いを受け止めないわけにはいかない。
　私は、最低だ……。
　だから、もう一度京ちゃんをいちばんに想えるようにするから。
　今までずっと想ってきていたように。
　きっと、簡単……だよね。

幸せになって

【京介side】

伊都と付き合って２週間がたった。

両親のことがトラウマで恋愛というものを信じていなかった俺は、恋とか愛とか知らずにここまで生きてきた。

だけど、伊都のことは恋愛感情なんだって思った。

小さいころからずっと一緒で、どんなときでもそばにいてくれた伊都。

俺がどんなに情けなくてかっこ悪い奴だったにも関わらず、笑顔でいつも俺を見てくれていた。

他の奴に取られたくないのは、ずっと一緒にいたから。

俺だけを見ていてほしいのは、妹が兄を真似するようなあの感覚があるからだと思っていた。

でも、どこか違った。

この感情はなんなのか。

恋を知らない俺だったけど、これが恋だと思えばしっくりきた。

俺は伊都が好きだ。

そう思えば、心にストンと落ちてきた。

俺の中にあった伊都への気持ちの違和感がなくなり、体になじんでいく感じ。

あ、これが恋なんだ。

恋愛感情ってこういう気持ちのことなんだ。

　初めての感情に少し照れくさく感じたけど、だからこそ伊都は絶対に渡せないと思った。
「伊都」
「……あ、京ちゃん」
　だけど、最近の伊都はよく考え事をしているというか、どこか上の空なんだ。
　ふとしたときに、今にも泣きだしそうな顔をする。
　どこか遠くを見ていて心ここにあらず、という状態。
「何から観たい？」
　今日は日曜日で学校は休み。
　伊都は俺の部屋に来ていて、一緒にＤＶＤを観る予定。
　さっき伊都と一緒に借りに行ったＤＶＤを並べながら尋ねる。
「んーっと、じゃあこの野球の青春ものから！」
「了解」
　伊都の返事を聞いて、ＤＶＤをデッキに入れる。
　テレビの画面が変わり、いろんな映画の広告が流れはじめる。
　それを、すべて飛ばして本編に入る。
　ベッドに並んで座り、甲子園を目指す熱血野球物語を観る。
　伊都をチラッと盗み見れば、ストーリーに夢中みたいで画面から目を離さない。
　俺はそんな伊都を見つめている、と。
「京ちゃん……集中できない」

「え？」
「私じゃなくて映画を観てよ」
「あ、悪い」
照れたような伊都がかわいくて、そう言ったものの映画になんて興味ない俺は観るつもりはなく。
思わず伊都を抱きしめる。
「ちょっ！　京ちゃん！」
「無理だって。伊都がいるのに、映画に集中とか。触れてたいし」
自分でも気持ち悪いと思う。
けど、それくらい伊都のことが好きなんだよ。
理性を抑えることなんてできない。
伊都のことは前からかわいいと思っていたけど、恋だと認めた瞬間にかわいすぎてたまらなくなる。
他の女になんか目が行かないくらい。
今までの俺は本当にバカだと思う。
こんなにかわいい奴がいちばん近くにいたのに。
そんなことに気づかないまま、好きでもない相手と遊んでたんだから。
「伊都」
我慢できなくて頬にキスを落とす。
伊都は目を強くつぶっている。
そんなところもかわいい。
頬や額、首筋とたくさんキスを落としていく。
いちいちビクッと反応する伊都がかわいすぎる。

最後に唇にキスを落とす。
けど、伊都が顔をそらしすぐに離れた。
「あ、ごめ……」
謝ろうとする伊都の言葉を遮るように、もう一度キスを落とす。
今度は受け入れようとしてくれる。
違和感はあった。
最近の伊都はおかしい。
いや、俺と付き合ったときからおかしいんだ。
よくボーッとしているし、無邪気な笑いも減った。
気づいているのに、俺は伊都を手放したくない。
伊都の気持ちに気づかないフリをして、俺の気持ちを押しつける。
伊都は本当に俺のことが好き？
不安に思うことはずっとだ。
だけど、聞くのが怖い。
伊都の気持ちが俺に向いているように思えないから。
「伊都。俺のこと……」
「ん？」
「……やっぱなんでもない。観よう」
伊都と離れて興味のない映画を観る。
だけど、内容はまったく頭に入らない。
たまにチラッと伊都を見ると、涙ぐんでいて感動している様子だった。
そんな伊都も好きだなって思うんだ。

伊都の全部を愛しく感じる。
俺にとっての初恋だから。
すごく大事にしてやりたいって思う。
今まで俺を支えてくれていた分、今度は俺が伊都を支えたいって。
俺が幸せにしてやりたいって。

その日はＤＶＤを３本観た。
伊都が借りてきた青春ものと恋愛もの、俺が借りたホラー映画。
別にホラーとか特別好きなわけではない。
むしろ嫌いで見られない。
でもそれ以上にホラー映画を観て、怖がっている伊都を見るのが好きなだけ。
そんな感じでまったりとした時間をすごした。
今までの女との付き合い方とはまったく違う。
けど、伊都とはこうしているほうが落ちつくんだ。
映画を観たあとに、伊都が課題をしていないというからそれを一緒にする。
やっぱり、俺には伊都しかいない。
一生懸命に課題と向き合っている伊都を見つめる。
近すぎて気づけなかった、か。
だけど、今ならすげぇ気づくんだよ。
伊都の些細(ささい)な変化も、気づきたくないことでさえ……。

　次の日。
　いつもどおりに朝を迎え、学校に行く支度をする。
　家の前で伊都が出てくるのを待つ。
「おはよ、伊都」
「京ちゃんおはよう」
　短い距離なのに、小走りで俺の隣に来て並ぶ伊都。
　気がついているか？
　いつからか伊都は朝に俺を見てすぐ、あの輝くような満面の笑みをしなくなったことに。
　あれが普通だと思っていた。
　幼稚園のころからそうだったから。
　俺と顔を合わせた瞬間、パアって花が咲くような笑顔を見せる。
　それは高校生になってからも続いていた。
　けど、最近は見ていない。
　笑っていてもどこかぎこちない笑顔ばかり。
　手を差しだすと伊都が俺の手に自分のを重ねてくれる。
　そのことに実はいつもホッとしてた。
　俺ってこんなに女々しい奴だったんだな。
「昨日のホラー映画のせいで、お風呂に入るの怖かったんだからね！」
「そっか」
「あー笑ったな！　もう京ちゃんのアホ！」
　伊都はかわいいよ。
　そうやって頬を膨らませるのも、わりと暴言吐いたりするところも。
　全部全部かわいい。
　でも、無理しているのがわかるから。
　何年一緒にいたと思ってんの？
　何年幼なじみやってきたと思ってんの？
　学校が近くなってくる。
　人がだんだん増えてきて、まわりがざわざわしはじめる。
　俺は普通のトーンで、いつもの他愛もない話をするかのような感じで言ったんだ。
「伊都、別れようか」
「……え？」
　俺の言葉にワンテンポ遅れて反応が返ってくる。
　伊都が立ち止まったせいで、前に進めなくなりその場に立ち止まる。
「何してんだよ。遅刻するだろ」
　だけど、伊都は目を見開いて俺をじっと見つめる。
　固まってしまった伊都を引っ張って、無理やり足を動かさせる。
「今、なんて……」
「別れようって言った」
「どうして……」
　なんで伊都がそんな顔すんだよ。
　俺だって言いたくない。
　でも、伊都が俺のことを見ていないって気づいてしまったから。

「他に好きな奴、いるんだろ？」

「っ……」

「ずっと伊都と一緒にいたからわかる」

　わかりたくなくてもわかっちゃうんだよ。

　いつも伊都といた。

　今はとくに伊都だけをずっと見ているから。

　こんなの気づかなければよかったのにって思う。

「もう、無理して俺と付き合わなくていいから」

「無理なんかしてない！」

　急に大きな声を出した伊都に、まわりが一斉に注目する。

　人見知りで注目されるのが苦手な伊都が、まわりに目もくれず俺を真っ直ぐに見る。

　伊都を引っ張って、さっさと校舎に入り教室には行かずに別棟の空き教室に行く。

　そこで伊都と向き合う。

「無理、してるだろ？」

　そしてさっきの話の続きをするけど、伊都は何度も首を横に振る。

　もうわかっているから。

「俺のことなら大丈夫」

「だって京ちゃんがまた寂しくなったら嫌だもん！　今度こそ辛くなったときに、無理やりにでも一緒にいて私が慰めてあげるって……」

　ついに泣きだしてしまった伊都を抱きしめる。

　俺が伊都を縛りつけてしまったのかもしれない。

伊都が離れていくのが嫌で、俺はずっと自分の気持ちを押しつけていたから。

もうとっくに気づいていたのに、ここまで引き延ばしていた。

「俺は伊都を好きになれてよかった。恋を知ったあとじゃ、前みたいな生活には戻れないから」

いろんな女と遊ぶことなんてもうできない。

好きな人じゃないと意味がないって、身を持って実感したから。

体を離して頭をポンポンと優しく撫でる。

「恋愛感情を理解できただけで十分だよ。俺を変えてくれてありがとう。ずっとそばで支えてくれてありがとう」

「ふぇっ……」

「伊都の泣き顔を見るの久しぶりだな」

あんまり俺の前じゃ泣かないから。

陰ではたくさん泣いてたんだろうか。

伊都の頬を伝う涙を拭いながら、ふっと笑う。

「あいつと、幸せになってよ」

本当は俺が幸せにしてやりたいけど、俺じゃもう伊都を心の底から幸せにはできないだろ？

だからせめて、大好きな初恋の相手の幸せを願いたい。

「京ちゃん……ごめっ、ごめんね……」

「いいから、泣くなって」

「わ、たし……ほんとっに京ちゃんのことが……好き、だったんだ、よ」

「うん」
「ほんとのほんと、に……大好きだっ、た……」
「俺があと少し、自分の気持ちに気づくのが早かったら結果は違ったのかもな」
　伊都のセリフを聞いて悔やまれる。
　俺はずっとこの想いに気づけなかったから、その罰なんだろう。
　伊都の気持ちが移る前に、俺も自覚しておけばよかった。
　今さら思ったって仕方がないことくらいわかっている。
　だけど、そう思わずにはいられないだろ。
　俺だって、今すげぇ伊都のことが好きなんだから。
　あいつに奪われちまったか。
「伊都、ありがとう。これからも変わらず大事な幼なじみだからな」
「京ちゃん……っ」
　泣きながら俺の名前を呼ぶ伊都に思わず手を伸ばし抱きしめようとする。
　けど、その手を途中で止めてまた戻す。
「俺、先に戻るから伊都も落ちついたら戻れよ」
「っ……う、ん」
　伊都の返事を聞き、背を向けて教室をあとにする。

　俺の初恋、終わったな。
　教室を出て少し歩いたとき、目から温かいものが流れる。
　え、まさか俺、泣いている!?

無意識に溢れた涙は頬を伝い、雫(しずく)となって落ちる。
泣くとかダサ……。
片手で顔を覆い、廊下の壁にもたれかかる。
「くっ……」
次から次へと溢れだしていき、失恋の辛さを知る。
少しの間、その場で声を押し殺して泣いた。
初めての感覚におかしくなりそうだったけど、もう同じ間違いはしない。
伊都が何年も苦しい想いでいたのに比べれば、こんなのなんてことない。
短い初恋だったけど、俺は幸せだった。
だから伊都も、幸せになれよ。

もう迷わない

　京ちゃんが出ていったあとも、私はこの場から動くことができない。
　学校中に何回目かのチャイムが響く。

　私はあれからずっと泣き続けていたけど、今やっと落ちついてきたところ。
　京ちゃんに気づかれてしまっていた。
　いつから気づいていたのかな？
　京ちゃんはどんな思いで私といてくれたんだろう。
　それを考えると、どうしても辛くなって胸が締めつけられる。
　私が中途半端だったから無駄に京ちゃんを傷つけていたかもしれない。
　だからといって、あのときの私は京ちゃんを振るなんてこと、たとえ時間が戻ったとしてもできない。
　涙を拭い窓から外を眺める。
　下ばかり向いてちゃダメだ。
　京ちゃんが背中を押してくれた。
　それを裏切ったらダメ。
　立ち上がり、そろそろ教室に行こうとドアに向かう。
　……ん？
　何かすごい足音が聞こえる。

ダダダダダッと廊下を走る音。

今出るのはさすがに勇気がいるから、この足音が通りすぎたあとに行こう。

そう決めて、だんだんと近づいてくる足音に耳を澄ます。

あ、聞こえなくなった。

覚悟を決めて教室を出ようとドアに手を伸ばす。

――ガラッ。

私の手は空を切り、先に誰かによってドアが開けられる。

「あ」

「ハァハァ……見つけた……」

その言葉と同時に、いきなり肩に手を回され強く引き寄せられる。

気がつけば目の前はネクタイと白のワイシャツ。

私は驚きで固まってしまう。

「い、入谷くん。なんで……」

「今日寝坊してさっき来たんだ。そしたら伊都ちゃんいないし、今井さんも知らないって言うし、下駄箱にローファーあるから学校いるはずだし……」

息を整えながら話してくれる。

もしかして、心配して探しに来てくれたの？

そこでハッとしたように入谷くんが体を離す。

だけど、私は自分から入谷くんの腰に手を回して抱きしめる。

「え、伊都ちゃ……？」

驚いている入谷くんだけど、気にせず抱きしめる力を強める。
　そんな私の顔を無理やり上げさせて目が合う。
　入谷くんは驚いたような表情をして、私を教室の中に戻して後ろ手にドアを閉める。
「また、泣いてたの？」
　入谷くんは私の涙の跡に気づいたらしい。
　いや、あれだけ泣いていつもどおりの顔なわけがないんだけど。
　目も重たいから腫れているだろうし、顔もむくんでいるに違いない。
「今……何時間目？」
「４時間目がはじまったとこ」
　もうそんなにたってたんだ。
　時間の感覚がわからなくなっていた。
「で、どうして泣いてたの？」
「……京ちゃんと別れた」
「はぁ!?」
　驚いた声を上げると、私に背を向ける。
「どこ行くの？」
「京ちゃんのとこ」
「なんで!?」
「１発、いや２発くらい殴らないと気が済まない。だって突然好きって言ったかと思えば、伊都ちゃんを泣かせるなんて。なんのために俺が……」
「やめて！　京ちゃんは悪くないから、殴っちゃダメ！」

今にも飛びだしていきそうな入谷くんを全力で止める。
入谷くんは不満そうに私を見た。
「行かせてよ。なんのために俺が自分の気持ちを抑えてまで背中を押してあげたと思ってるの？」
「ちがっ……」
「伊都ちゃんを泣かせるなんて許せない。今回は直接的だからね」
「ち……」
「もう泣かなくていいから」
「ちっがーう！」
私の話を聞かない入谷くんに、大きな声で否定する。
その声にポカンとした表情で私を見る。
「京ちゃんは悪くない！　どちらかと言えば悪いのは入谷くんなの！」
「え、俺……？」
不思議そうに首を傾げる入谷くんに何度も頷く。
全部、入谷くんのせいだから。
「入谷くんが私と京ちゃんの間に割り込んでくるから！　入谷くんが優しくするから！　入谷くんが急に話しかけてくれなくなるから！」
言っていて、また涙が溢れてくる。
その私の涙を指で拭ってくれるけど、私の涙も口も止まらない。
「いつも泣きたいとき、泣いてるときに現れて慰めてくれるから！　いちばん辛いときや苦しいときに助けてくれるから！」

　そんなことするから。

「好きになっちゃったじゃん……っ！」

　入谷くんのこと、好きになってしまった。

　京ちゃんしか見えていなかった私の中に入り込んできて、散々かき乱して、私の気持ちをさらっていった。

　京ちゃんから奪ってしまった。

「本当に入谷くんは怪盗だった。私の気持ちを取っていっちゃうんだから」

　本当はずっと前から答えは出ていた。

　私は入谷くんのことを、いつのまにか好きになってた。

　悩んでいたのは、入谷くんが好きだったからだ。

　簡単だった。

　じゃないと、悩む必要がないんだもん。

　京ちゃんだけを見ていれば、どこも悩む部分なんてなかった。

　入谷くんのことを好きになってしまっていたから、京ちゃんだけを追いかけられないと思った。

　京ちゃんと付き合っても気持ちが煮えきらず、モヤモヤしていた。

　ずっと京ちゃんのことを好きだったのに、入谷くんへ気持ちが移っている自分を認めてはいけない気がしていた。

　だけど、もう迷わないから。

「私は、入谷くんのことが好きです！」

　今だって、泣いていた私を探しに来てくれた。

　そんなところも、たまにイジワルなところも、ふざけているところも。
　入谷くんの全部が。
「大好きですっ！」
　入谷くんを正面から見て真っ直ぐに伝える。
　私の想いを入谷くんに。
「……ほんとに？」
「ほんと、です」
「伊都ちゃん！」
　私の返事を聞くなり、ガバッと抱きついてくる。
　それは力が強くて苦しくて、だけどすごく心地のよいものだった。
　大好きな温もりに包まれ、うれし涙が溢れる。
「俺も好きだよ。本気で伊都だけが」
「ん」
「俺でいいんだよね？　本当に俺で」
「入谷くんがいい……」
「やっぱり京ちゃんとかナシだから」
「大丈夫。全部入谷くんに持ってかれちゃったから」
　私の言葉に腕の力がふっと弱まる。
　顔を上げると、入谷くんのどアップ。
「絶対大事にするから」
「んっ……」
　入谷くんの久しぶりの体温に、私は心からの幸せを感じたんだ。

本気の恋だから

【志貴side】

　初めは、おもしろそうだなって思ったからだった。
　クラスメートを見つけたから近づいてみると、今にもこぼれてしまいそうなくらいに、大きな瞳にいっぱいの涙を溜めている。
　そして、すぐ後ろまで来た俺に気づかないほどに集中してただ一点を見つめていた。
　視線の先を目で追うと、激しく絡み合う男女。
　そこですべてを察した。
　クラスメートの彼女……相崎伊都は、あの男のことが好きなんだって。
　付き合っていての浮気現場とかではない。
　それは伊都ちゃんの表情でわかった。
　片想い。
　そういう気持ちはよくわかんない。
　楽しめればなんでもいいと思う。
　実際、俺もそれなりに経験はあっても、１つの恋に溺れたことはなかった。
　伊都ちゃんと話してみれば相当あの男が好きみたいで、一途にずっと想っていると知った。
　健気だね、本当に。
　かわいいし、今から１人に絞るなんてもったいない。

これから出会いはたくさんあるのに。

でも、こんなに一途に想われるってどんな気持ちになるのかな。

ちょっと、割り込みたいかも。

なんて軽い気持ちで伊都ちゃんに近づきはじめた。

知れば知るほどバカらしいって思うけど、それとはまた別にうらやましくもあった。

伊都ちゃんは辛くて泣いているときも多いけど、その分笑顔も多くてかわいい。

恋する乙女はかわいいってわかるかも。

気がつけばどんどん伊都ちゃんにハマッていった。

どうしても振り向いてほしくて、ガラにもなく必死にアピールし続けた。

恋なんてバカバカしい。

そう思っていた俺が１つの恋に溺れた。

俺の腕の中にいる伊都ちゃんを見つめる。

まさか俺のこと好きになってくれるとは、思ってもみなかった。

いや、そうするつもりではいたんだけど、なかなか幼なじみが手強かったから。

「伊都ちゃん好き」

「はいはい」

幼なじみにはこんな態度も取らなかった。

伊都ちゃんは人見知りみたいだけど、慣れた人には甘える傾向がある。

だけど、俺には冷たく接したり言い返してきたりもする。

それは、俺は他と違うってことなんじゃないかって思ってた。

期待してた。

もう完全に期待していいんだ。

「伊都ちゃんは？」

俺の言葉に恥ずかしそうに顔をそらす。

さっきあれだけ言ってたのに。

「伊都」

耳元で囁くと、バッと耳を押さえて俺を見る。

顔が真っ赤。

「……好き」

あーもうかわいすぎ！

ダメだ。

俺、自分を保てないわ。

全部伊都ちゃんのペースにされてしまう。

「伊都、教室戻る？」

俺の言葉に首を横に振った。

それだと俺が困るんだって。

「戻ろう」

「嫌。まだ２人でいたい。やっと自分の気持ちを自覚できたのに……」

そんなかわいいこと言って。

もう知らないから。

「じゃあもっと、自覚させてあげないとね」

伊都がかわいいと、俺が限界だから。

もう俺の好きなようにしていいってことだし、遠慮なくいかせてもらいます。

頬に手を添え、ちゅっと軽いキスを落とす。

動きが止まった伊都と目を合わせてから、もう一度、今度は長めにキスをする。

ぎこちないながらも俺に合わせてくれる伊都がかわいすぎて、離してやれないと思った。

受け入れてくれる伊都に、想いが重なったことを再確認する。

「……ねぇ、私って軽い女かな？」

キスを止めて、２人で壁を背に並んで座っているとき、伊都が不安そうに聞いてくる。

思わず噴きだしてしまいそうになるのを必死で堪える。

「なんで？」

「だって、京ちゃんのことずっと好きだったのにいきなり入谷くんって。しかも京ちゃんと別れてすぐに入谷くんになんて……」

「後悔してる？」

「それはない！」

「じゃあ、いいじゃん」

そんなの、ずっと伊都を見てきたしたくさん悩んだってことはわかる。

幼なじみへの想いが軽い気持ちじゃなかったことくらい、悔しいけど知っているから。

　だからといって、俺への想いも嘘じゃないって信じているし。
「そんなこと言ってたら、新しい恋をするのにどれくらいの期間がいるんだろうね？　初恋しかしちゃいけないことになるでしょ」
「そ、そっか」
「大事なのは気持ちでしょ。もし誰かに何か言われたら言ってやればいいよ。愛に時間は関係ないって」
「そんなこと言わないよ！」
　本気にする伊都がおもしろい。
　まぁ実際、俺はそう思っているし。
　別に結婚しているわけじゃあるまいし、他人にとやかく言われる筋合いはない。
「何かあれば俺に任せておけばいいから」
「そんな！　入谷くんにはいっつも助けてもらってるし、私が……」
「んー、そんなことよりも重要な話、いい？」
　俺の言葉に伊都は顔をこわばらせた。
　そんな伊都を真っ直ぐに見つめる。
「な、何？」
　おずおずといった様子で聞いてきた伊都に、顔をグッと近づける。
「え、ちょっ！　入谷くん！」
「それ！」
「は？」

「その『入谷くん』って呼び方、やめてよ」
　俺はもう伊都って呼んでるし。
　なのに、伊都だけ名字呼びとか。
　幼なじみは持田京介で、京ちゃんってちょっと特別感あるし。
　伊都の彼氏はもう俺なんだし。
「入谷くんは入谷くんじゃん」
「そうだけど、ダメ」
　そんなの俺が許さないから。
「呼び方なんてどうでもいいじゃん！」
「どうでもよくないんですー！　ほら、呼んで。志貴って、呼び捨てで」
　困ったような表情をする伊都。
　呼び方だけでこんなに困った顔する？
「私、男の子のこと京ちゃんしか名前で呼んだことない。ましてや呼び捨てなんて……」
「マジ？　じゃあ余計に呼んでもらわないと」
　名前で呼び捨てって俺だけってことじゃん。
　すごい特別感じゃん。
「む、無理……恥ずかしい」
「かわいいけどダメ」
「なんでそんなに呼んでもらいたいの！」
　なんでってわかんないかな、この子は。
「好きな人に名前呼ばれるってうれしいじゃん。伊都は？うれしくなかった？」

考える素振りを見せる。
行動のすべてが、いちいちかわいすぎる。
俺って、相当惚れているな。
「うれしかった……かも」
「かも？」
「うれしい！」
「俺は呼ばれなくて悲しい」
見つめると、うっと言葉を詰まらせた。
そして薄い唇がゆっくりと開かれる。
「し、志貴……でいい？」
「もっかい」
「えー」
「伊都も前におねだりしたでしょ」
文化祭のとき。
俺、あのとき今世紀最大くらいに期待した記憶がある。
「しっ志貴」
「うん、もっかい」
「志貴」
「もっかい」
「志貴」
「はい、よくできました」
俺の名前を呼んでくれた口にキスを落とす。
もうほんと、すごい幸せだ。
「なんでそんなにキスするの？　恥ずかしいじゃん……」
「本気の恋だから。俺、キス魔だしこれからもいっぱいするよ」

「じゃあ当分禁止！　特別感がなくなっちゃう」

「それはひど……」

「決定！」

　口の前でバツを作る伊都。

　あーもう、それはずるい。

　頷きたくないのに、かわいすぎてつい許してしまいそうになる。

　俺は今、完全に１人の女の子にハマッてしまった。

君と恋の予感

入谷くん……じゃなかった。

志貴と付き合うことになった。

それを歩美ちゃんに報告するとやっぱりね、みたいな顔をされた。

最初のころは私と京ちゃんが付き合っていたのを知っていた人から、陰口を言われる日々が続いたけど、京ちゃんがいちばんキツイことを言ってくる人に注意してくれたらしい。

そんなこんなで付き合って1か月がたったんだ。

今日は志貴と放課後デート。

といっても、私がルーズリーフを買いたいって言ってそのついでにブラブラするって感じなんだけど。

「伊都、行こう」

「うん！」

私の席まで来てくれた志貴と一緒に教室を出る。

並んで歩き出すと途中で京ちゃんにバッタリ。

「あ、京ちゃん！」

「伊都」

「もう帰るの？」

「いや、呼びだし」

そう言って京ちゃんは明らかに告白であろう女の子の字の手紙を私に見せてくれる。

京ちゃんはあれから女遊びをやめたため、今では本気の告白が増えている。
「相変らずモテモテだね」
「本当に好きな奴には心変わりされたけど」
「うっ」
「冗談だって。入谷は嫌いだけど」
「俺も京ちゃんは嫌いだな」
「その呼び方していいのは伊都だけだから」
「京ちゃん怖ーい」
隣にいる志貴がふざけたように言うのを見て、京ちゃんが眉間にシワを寄せる。
「お前らもう行けよ。じゃあな、伊都」
「うん、またね」
京ちゃんに手を振って別々のほうへ歩きだした。

昇降口で靴を履き替えて校舎を出る。
と、急に志貴が私の手を握る。
「ん？」
「まだ好きだったり……」
「しないよ。私が一途なの知ってるでしょ？」
「知ってるからこそまだ……」
「バカだなぁ」
私がどれだけ志貴のことを好きなのか、全然わかってないじゃん。
自分でも知らなかったいろいろな私を、志貴は引きだしてくれたんだよ？
「私が志貴に冷たかったのを知ってるじゃん。京ちゃんのことをまだ好きだったら、全力でこの手を振り払ってるからね」
「……それもそうだね」
「そうだよ」
「もう伊都ほんと好き」
「さぁー行こう！」
　志貴の手を引っ張ってさっさと歩く。
　不意打ちの好きは心臓に悪いから、本当に。
　気にしていないフリをしているけど、実は心臓バクバクだったり。

　近くのショッピングモールに行き、お目当てのルーズリーフを買う。
　そして、ゲームセンターで遊んだり本屋で雑誌を見たりしていると時間はあっという間にすぎていった。
「もうこんな時間か」
「そうだね。帰ろっか」
「でも、外寒いから温かい飲み物買ってくる。伊都はここで待ってて」
「うん」
　一緒に行けばいいのに、なんで私を待たせるんだろう？
　不思議に思いながら、安売りとして山積みにされたお菓子を見る。

　レジ応援の放送がかかって、それが終わるとショッピングモール特有の宣伝ソングが流れはじめた。
　何度も来ているショッピングモールだから、もうすっかり染みついてしまっていて流れている曲と一緒に鼻歌で少し乗っていると。
「ふっ。機嫌いいね？」
「あ」
　志貴がビニール袋を持って、私の前に現れた。
　み、見られた……。
　恥ずかしくなっている私にツッコむこともせず、先に歩いていく。
　せ、せめて何か言ってよ！
　そう思いながら、志貴を追いかけて外に出た。
「うわっ、本当に寒いね」
「はい、手」
　手を差し出されて、その上に自分の手を重ねると指を絡めて握られる。
　恋人繋ぎって、なんだかくすぐったい。
　繋いだ手を志貴のポケットの中に一緒に入れられる。
　よ、余計に恥ずかしい!!
「あ。温かい飲み物買ったんでしょ？　それで温めようよ」
「照れてるの？」
「ち、違うけど……」
「じゃあ、いいじゃん」
　絶対わかっているのに、そういうことを言うんだ。

なんて思いながら、ドキドキする心臓を押さえる。
たまにイジワルだから困る。
少しの間そのままで歩いていたけど、志貴がやっとポケットから手を出してくれた。
「からかってごめんね。伊都ちゃんは恥ずかしがり屋だもんね。本当はすごくすごくうれしいのに、素直になれないんだよね？」
「違うから！」
「まぁ、このままじゃ意味なかったし。はい、ココアでよかった？」
「うん。ありがとう。お金……」
「これくらいでお金なんか取らないよ。彼女は黙って奢られときなって」
薄暗い中、缶のココアの温もりだけを感じる。
そこから意識を変えれば、街頭の下で志貴が私を見ているのがわかる。
「ありがとう。ありがたくいただいときます」
息を吐けば、白くなるくらい寒くなってきた今日このごろ。
だけど、手と心は温かい。
すごくポカポカして寒さを忘れられる。
「どうぞ。でも、その代わり……」
その続きは言わなかった。
そこで察してしまう私もどうかしている。
さっき私を置いて１人で買いに行った理由。

「しょうもない」
「うん」
「子どもだね」
「うん」
　私の言葉にただ頷くだけ。
　もう！　なんなの。
「ほんっとにしょうもない！」
「そうだね」
「……ちょっと屈んで」
　街頭に照らされているこの場所で、志貴が少し屈んでくれたのがわかった。
　目線が近くなり、ドキドキと心臓がうるさくなっていく。
　私はココアをリュックの中に入れて、志貴の肩に手を置いた。
　そのまま顔を近づけ、覚悟を決めて勢いよく自分の唇を志貴の唇に押しつける。
　初めて自分からキスをした。
　触れるだけの下手くそなキス。
　ゆっくりと離れて目を開けると、至近距離で志貴と目が合う。
「あれ？　照れてる？」
「……うるさい」
「私だって恥ずかしいのに……」
　志貴が照れるから、私はもっと恥ずかしくなってくる。
　両手で自分の頬を包み込む。

　自分からなんて、もうきっと二度とできない。
　そう思っていると、志貴が私の顎を指で挟んで顔を上げさせる。
「お礼はちゅーで」
「さっきしたじゃん」
「俺がするの。伊都からのちゅーのお礼のちゅー」
　ちゅーちゅー言ってネズミみたい。
　なんて笑う暇もなく、再び唇が重なる。
　何度も繰り返されるキスにドキドキして、心臓が破裂しそうなくらい好きすぎて苦しい。
「伊都のファーストキス、いい思い出になったでしょ？」
「え？」
「言ったじゃん。俺を好きになればいい思い出って思える日が来るって」
「あれは思えない……」
　いくら志貴を好きになったとしても、あれはないでしょ！　最低な奴ってずっと思ってたんだから。
「そっか」
「うん」
「じゃあまたキスからはじめよう」
「もうした。さっきもした」
「足りない」
　キス魔め……！
　恥ずかしすぎるから、少しくらい抵抗しようとするけど、志貴の手から逃れることなんてできない。

「伊都、好きだよ」
「……私も、大好き」
「絶対に幸せにするから」
　志貴は約束をするように私に再びキスを落とした。
　そのキスはとびきり甘くて。
　最高に甘い君との最高に甘い恋の予感がした——。

番外編

リスタート

【京介side】

俺と伊都はずっと一緒だった。

家が隣で同い年だから、生まれたときからの関係。

お互い１人っ子だけど兄妹がいるような感覚だった。

いつも俺の後ろをついてきて、真似をして、本当に伊都は妹みたいな存在。

俺のかわいい妹。

それ以上でもそれ以下でもない。

中２のころ、浮気がバレた母親が家を出ていったと思えば、すげぇ怒っていたはずの父親はすぐに別の女と関係を持ちはじめた。

そんな環境にいた俺は、愛がわからず必然的に遊ぶようになった。

母親や父親と同じことをすれば何かわかるのかもしれないと思ったけど、何もわからなかった。

心は空っぽになるばかりだけど、ラクに生きていくことはできた。

何も考えなくて済んだ。

難しいことや辛いこと、悲しいことも何も。

だから深く傷つくこともなかった。

ただ毎日同じことの繰り返し。

それでよかったんだ。

なのに、急に伊都が入谷志貴とかいうチャラい奴と絡むようになって、すげぇムカつくわ、モヤモヤするわで苦しくなった。

それが嫉妬で、俺が伊都のことを好きと自覚するのにはずいぶん時間がかかったな。

伊都は昔から俺のことを恋愛感情で好きだったみたいだけど、俺が好きだと気づいたときには伊都の気持ちは入谷に奪われたあとだった。

恋はタイミングが大事とかテレビで言ってた気がするけど、本当にそのとおりだと思った。

伊都と別れてから１か月近くたった今でも思うんだ。

俺がもっと早く、高校入学前にでも伊都のことが好きと自覚していたなら、伊都は今も俺の隣にいたのかもしれない、と。

近すぎて気づけなかったとかよく聞いたりするけど、そんな言い訳はできない。

伊都は小さいころから俺のことを恋愛感情として好きでいてくれていたんだ。

俺だってそのころからきっと伊都が好きで、いつでも気づけたはず。

でも、入谷が現れないと気づけなかった。

初めて恋愛感情を知れただけで十分。

そう思っているのは本当だけど、欲を言うならやっぱり伊都と恋人という関係でいたかった。

入谷さえいなければ。

だけどその入谷がいなければ、俺は一生だらしないままだったかもしれない。

そう考えると複雑だ。

結局はどういうことかというと、俺はまだ伊都のことが好きで未練たらしく想っている。

自分でも女々しいとわかっている。

今まで恋愛を知らなかった奴が、知った瞬間それから逃れることができない。

ほんと、不思議な感情だな。

「あ、京ちゃーん！」

季節は冬。

すべての授業が終わり考えごとをしながら、校舎を出たところ。

マフラーをしてポケットに手を突っ込んで、白い息を吐くと後ろから俺を呼ぶ声。

俺のことを“京ちゃん”と呼ぶのは１人しかいない。

俺に初恋を教えてくれた大切な人。

振り返ると伊都が俺にかわいい笑顔を向けて手を振っている。

その隣には大嫌いな入谷。

伊都のためにと背中を押したけど、最初は入谷はやっぱりチャラくて軽い奴だから伊都を傷つけるんじゃないかって思ってた。

そうしたらまた奪い返してやるって。
いや、思ってたんじゃなくて俺のただの願望か。
伊都は傷つけたくないけどそうだったらいいなって。
また俺の元に戻ってきたらいいって。
でもそんな願望は叶わなかった。
入谷は伊都のことをめちゃくちゃ大事にしている。
それが伝わってくるからまたムカつく。
「伊都」
俺が名前を呼んで手招きをすると、伊都は駆け寄ってきてくれる。
やっぱり変わってない。
一度は付き合って別れたりしたけど、俺たちの仲はそんなことでぎこちなくなったりしない。
入谷が隣にいるにも関わらず、俺の元に走ってきてくれる伊都。
校舎から出てきている人や、部活のためグラウンドにいる人がいる。
だけど、そんなのお構いなしに目の前の伊都をそっと抱きしめた。
「きょ、京ちゃん!?」
「おい！　伊都から離れろよ！」
テンパる伊都に焦りだす入谷。
あーぁ、必死になって。
認めたくなくても認めざるを得ない。
「はい、京ちゃん離れる！」

「お前に京ちゃんって言われたくない」
　無理やり俺と伊都の間に入って引き離す入谷は、伊都を横からギュッと抱きしめる。
　恥ずかしそうにしながら入谷を見上げる伊都。
　俺には決して見せてくれない女の顔。
　思い知らされる。
　伊都は入谷が本当に好きなんだって。
　俺もそろそろ諦めないとな。
「幼なじみに嫉妬しすぎ。ハグとか挨拶だし。ね？　伊都」
「え、うん！　京ちゃんとのハグは挨拶だよ」
「じゃあ俺のは？　俺とのハグも挨拶なの？」
「そ、れは……違う、かな……」
　顔を真っ赤にさせている伊都を見るといまだ胸が痛む。
　もう、俺の入る隙間は少しもない。
　伊都は入谷のもの。
　恥ずかしそうにほほ笑んでいる伊都。
　俺にはもう、伊都をそんな顔にさせることはできない。
　わかっているから、俺はこの気持ちを抑え込む。
　伊都がずっとしてきていたように。
　俺は伊都の幸せをいちばんに願っているから。
「イチャつくならどっか行け」
「京ちゃんひどーい」
「だからお前はそう呼ぶな。気持ち悪い」
　伊都以外の奴に京ちゃんって呼ばれると虫唾（むしず）が走る。
　伊都に呼ばれるからいい響きなのに。

「じゃあな」

手を振ると伊都がかわいい笑顔で振り返してくれる。

その笑顔は誰にでも見せるような笑顔で、入谷に見せる顔とはやっぱり違う。

「またご飯食べに来てね！」

「伊都！」

「行かせてもらうわ」

伊都にそう返事をして足早にこの場を去る。

後ろからは伊都と入谷の揉(も)めるような声。

その声にふっと笑う。

俺もそろそろ前に進まないとな。

伊都はちゃんと幸せだ。

いつまでも引きずっているなんて、ダサすぎるだろ。

かといって、そんな簡単なものでもないんだけど。

「も、持田くん！」

校門前で俯きがちに立っていた女。

顔を上げたと思えば俺を見て、こわばった顔をしながら名前を呼ばれた。

「はい？」

名前も知らない。

顔だって今、初めて見た。

なんで俺の名前を知っているのか。

そんな疑問はとくに浮かばない。

知らない女から声をかけられるなんて、よくあることだったからいちいち気にすることはない。

　だけど今回は、これまでとはわりと違う系統の女。

　どちらかと言えば、伊都みたいなタイプだ。

「お、お話ししたいことがあるんですが、お時間よろしいでひょうか？」

　あ、噛んだ。

　ガチガチに緊張している様子の彼女を見つめる。

「いいけど」

「じゃあ、えっとー……あっち！　あっちに行きましょう！」

　指さすのは校舎のほう。

　また戻るのか？

　振り返ると伊都と入谷が近づいてきている。

　なんとなく見られると面倒くさそう。

「いや、こっちで」

　あっちやこっちで会話的にはよくわからないけど、今の彼女には指さして示すほうがわかりやすいだろう。

　俺が指し示したほうに歩きだすと、彼女は後ろからついてくる。

　路地裏のほうで人はいない。

　彼女の様子的に、あまり聞かれたくない話なんだろう。

　まぁ、予想はつくけど。

「で、話って？」

　真正面から向き合い尋ねる。

　そのとき初めてちゃんと彼女を見た。

長めの黒髪はクセ毛なのかふわふわしていて、目は二重ではないけどまつ毛が長いから大きく見える。
化粧はしてない。
小柄だけど体つきはわりとしっかりしている。
伊都と雰囲気は似ているけど、伊都より癒し系オーラは少ない。
って、結局は伊都が基準になっているし。
「あ、あの。わたし、１年２組の長谷部(はせべ)ゆりといいます！」
「うん」
モジモジしている目の前の女は、長谷部ゆりという名前らしい。
２組だから見たことなかったのか。
クラスは遠いし、伊都とは違うクラスだし。
「あの……わたし、持田くんのことが好き……です！」
目を強くつぶり、意を決してといった様子での告白。
やっぱり。
と思うけど、それを表には出さない。
「ごめん。俺は好きじゃないから」
「そ、んなの知ってます」
「そう」
自分でも冷たいと思う。
でも、あいまいな態度のほうが傷つけると思うから、はっきりさせたほうがいいんだ。
俺がいつまでもダラダラしてたから、伊都はどれだけ傷ついたんだろうか。

いつもは告白されたら適当に遊んでたけど、もうそんなことするつもりもない。
してても意味がないと知ってしまったから。
本当に大切な、大好きな相手じゃないと。
「まだ元カノさんのこと……好きなんですよね？」
あぁ、こいつは知ってんのか。
それで俺に気持ちを伝えてきているのか。
その勇気は素直にうらやましいと思った。
「そう。だからごめん」
「嫌です！」
「は？」
突然の強い口調で驚きの声を漏らす。
いや、意味がわかんねぇよ。
「わたし、諦めませんから！」
「ちょっ！」
それだけ言うと走っていってしまった長谷部ゆり。
止めようとしても、すでにその背中は小さくなっていた。
ヘンな奴。
なんて思いながら別に気にも留めず、その日は普通に家に帰った。

だけど、次の日からもそいつは俺の前に現れるようになったんだ。
「持田くん！　好きです！」
「ごめん」

「そうですか、また来ます！」
「いや、何度来ても……」
「それではまた！」
　初めて告白された日から毎日かかさず、俺の元に来るようになった。
　とくに他に何か言うわけでもなく、待ち伏せしてそれだけ伝えて走り去る。
　本当によくわかんない奴。
　だから、もう数えるのも面倒くさくなってきたころ。
「持田くん、好きです！」
「うん」
「では！」
　と、いつものように逃げる前に、長谷部の手首を掴む。
　驚いたように顔を上げる長谷部と視線が交わる。
　やっと目が合った。
　いつもなかなか目を合わせてくれなかったから。
「え、持田……くん？」
「今日は逃がさない」
「うあっ……」
　ちゃんと話さないといけない。
　このまま気持ちをぶつけられるだけじゃわからない。
　こいつは俺とどうなりたいのか。
　何が目的なのか。
「俺のどこが好きなわけ？」
　好きって言葉だけじゃ伝わらない。

遊びで俺に近寄ってくるような女とは違う、ってことはわかった。

だったら、好きになられる理由が見つからない。

「は、離して……っ」

「答えるまで離さない」

「っ……ずるい」

顔を真っ赤にして、視線を落としていたのをまた俺に向ける。

その表情は素直にかわいいと思った。

「ずるいよ。俺のこと好きなら覚えといて」

目を一瞬見開いて、耳まで真っ赤にさせる。

そういう反応は新鮮で、もっといじめたくなった。

「ほら、答えて」

耳元に口を寄せて囁けば、ビクッと肩が跳ねる。

なんだろ、この感じ。

すごい楽しい。

「っ……も、持田くんは優しいです！　おっ王子様……です」

「は？」

その言葉には思わず間抜けな声が出る。

王子様？

俺が？

真剣な様子の長谷部には悪いけど、俺は王子様とはかけ離れていると思う。

「わたし、中学生のころ陸上部だったんです。毎日トレーニングしていたせいで筋肉がついてたくましくなって」
　あぁ、だから足が速いわけだ。
　納得していると、俯きがちに続ける。
「性格もなんでも思ったことははっきり言っちゃうから、男子ともよく言い合いになってた。体も華奢（きゃしゃ）じゃないし、見た目も性格も女の子要素なんて１つもなかった」
　そのセリフに首を傾げる。
　何を言っているんだ？
「長谷部は十分女の子じゃん」
「そう、それ！」
「お、おう」
　急に顔をバッと上げて、笑顔を見せてくれる。
　その表情はやっぱりどこからどう見ても女の子。
「わたしが男子にかわいくないとか、男っぽいとか言われてて、慣れてたけど本当は悲しかった。そんなとき、たまたま通りかかった持田くんが同じことを言ってくれた」
　正直……記憶にない。
　でも、今でも長谷部のことを男っぽいとは思わない。
「わたし、すごくうれしかったんです。そこから持田くんのことが気になって目で追うようになって、もう好きでたまらなくなりました」
「そう」
「持田くんはお、女遊び……を、されていたと噂（うわさ）で……」
「してたよ」
「うっ」

　言いにくそうに口ごもるから、肯定すると長谷部はヘンな声を出した。
　殴られたみたいな低いうなり声を。
「で、でもわたしには関係なかった。それを知っても好きって気持ちはなくならなかった」
　真っ直ぐにまた俺を見る。
　挙動不審なところもまたおもしろい。
「今、女遊びをするのをやめたのも元カノさんが理由だって気づいてるけど、できることならわたしがその理由になりたかった！　わたしが新しい恋を教えたい！　……あ、すみません！　すごく図々しい!!」
　凛々(りり)しく言いきったかと思えばあわあわしだすから、思わず噴きだす。
　そのまま笑っていると、キョトンとした顔で見つめられる。
「いいんじゃない？　そこが長谷部の取り柄だろ」
「あう……ごめんなさい。また好きになっちゃいました」
「は？」
「持田くんが大好きです」
「ちょっ」
　突然のド直球に掴んでいた手が緩む。
　その拍子に俺の手から自分の手を抜き、勢いよく頭を下げる。
「こ、これ以上は心臓が持たないので失礼しますっ！」
　そしていつものようにすごいスピードで走り去った。

ははっ。

体育会系。

なんて思いながらも、胸のあたりがじわっと温かくなるのを感じる。

あんなに真っ直ぐに気持ちを伝えられたの、今まで生きてきた中で初めてだ。

……うれしいもんだな。

頬が緩むのを感じながら、帰路についた。

「持田くん、好きです！」

もうこれは日課となってしまい、初めのうちは人気のないところに行っていたけど、ついには人前でも言われるようになってしまった。

この前は入谷にもからかわれたばかりだ。

「うん」

「大好きです！」

「はいはい」

「では！」

冷たい対応をしても、いつもと変わらない。

走り去る後ろ姿を見つめる。

あの日以来、ちゃんと話してはいない。

いつもどおり告白されるだけ。

もう正直好きの重みがなくなってきているんじゃ、と思うけど、毎回顔を真っ赤にさせて必死で伝えてくるから、どれだけ俺を想ってくれているかがわかる。

って、自惚れか？

なんてどうでもいいか。

家に帰ろうと歩いていたけど、コンビニに寄りたくなっていつもとは違う道に行くと、目の前で他校生５人くらいが集まっていた。

普段なら気にしないけど、今回はそういうわけにもいかない。

「大丈夫ですかー？」

「俺ん家近いから、手当てしよっか」

「大丈夫です！」

その声を聞いて足が止まったんだ。

いつも俺に想いを伝えてくれる声だから、もう頭の中にインプットされている。

「遠慮しないで」

「してません！」

「いいから」

「触らないで!!」

他校生の中心にいるのは長谷部。

伸ばされた手を振り払ってしまい、他校生の目つきが変わる。

「チッ。調子乗んなよ、ブスが」

「優しくしてやってんのに」

「嘘だ！そのままわたしを家に連れ込んでひどいことするんでしょ!!」

「はぁ!?　もう、マジでやっちまおうぜ」

「嫌っ!!」

正直こういう、面倒事は嫌いだ。

助けに行くとかもガラじゃない。

伊都だったら何も考えずに助けに行くけど、他の女の場合はどうなったっていいと思っていた。

今でも思っている。

そう思っていた。

「この子は俺が手当てするから。親切にどうも」

「も、持田くん!?」

「はぁ？　それじゃ俺らの気が……」

「立てる？　派手にこけたな」

こけたみたいで、膝を擦りむいている。

けっこうひどいから、立ち上がれない様子の長谷部の膝に絆創膏（ばんそうこう）を貼る。

伊都もよくケガをするからいつも持ち歩いていた。

役に立ってよかったな、と思いながら長谷部を無理やり立たせる。

「え、わっ」

そのまま背中に乗せる。

淡々としていた俺に呆気にとられている他校生に、軽く会釈（えしゃく）をして歩きだした。

「あ、あれ？　夢？」

「夢じゃねぇよ」

「嘘!?」

「ほんと」

「お、下ろしてくださいっ！　重たいので!!」
　その言葉は無視して歩き続ける。
　別に長谷部は重くはないし、女１人おぶれないなんて男じゃねぇよ。
「派手にこけたな」
「うぅ……はい」
「もっとしっかり掴まって」
「で、でも……」
「いいから！」
　俺の強い口調に、おずおずと首に手を回す。
　さっきよりも密着する体。
　長谷部の心臓の音が俺まで聞こえて、ふっと笑みをこぼす。
「ありがとうございます。やっぱり持田くんは王子様……」
「王子だったら、ここはお姫様抱っこじゃないのか？」
「助けに来てくれたから王子様です。でも、ドキドキしすぎて心臓が痛いから下ろしてほしい」
「へぇ」
　そう言われるとイジワルしたくなる。
　下ろすことなく、そのまま長谷部に道案内させて家まで送る。
「前から好きなんですけど、最近もっと持田くんのことが好きすぎて困ります。だから、今日も告白したあとにドキドキしすぎて足に力が入らなくなってこけました」
「ダサ」

「ひどい……けど、優しいからやっぱりずるい」
　ギュッと俺の首に回っている手が少し強くなる。
　首筋に長谷部のふわふわな髪が当たり、シャンプーの甘い香りが一瞬鼻をかすめた。
「どうしよう。持田くんのこと好きすぎる……」
「そう」
「本当に大好きなんです」
　今は顔を見なくても、どんな表情をしているかは容易に想像できる。
　それくらい、長谷部の告白のときの表情を見てきたから。
「俺と、どうなりたい？」
　いつも気持ちを伝えるだけ。
　ぶつかるだけでいいと言った彼女。
「できるなら、彼女になりたい……」
　俺の耳元で呟く長谷部の声ははっきりとしていて、少し熱っぽかった。
　思わずドキッとなる。
　そして、自分でも口角が上がったのがわかった。
　そのまま長谷部の家まで来て、やっと下ろして顔を見合わせる。
　長谷部の顔はやっぱり真っ赤で、俺と目を合わせようとはしない。
「あ、ありがとうございました……」
「うん」
「そ、それでは……」

「言い逃げじゃ、俺を落とせないけど？」
「え……？」
「じゃあな」
　驚いた表情をする長谷部を置いて、来た道を引き返す。
　ずるいのはどっちだよ。
　あんな表情と声で……。
　はぁ、俺、おかしいかもしんない。
　さっきの自分のセリフを思いだして、無性に恥ずかしくなった。
　そのまま家で課題をしたりゲームをしたりして時間はすぎていき、次の日になる。
　いつもどおり、長谷部は校門で待っていた。
　なんだか、昨日のことがあるから顔を合わせづらい。
　こんなことを思ったのは、長谷部が告白してくるようになってから初めてだ。
「持田くん、好きです！」
「うん」
「だから……いっ一緒に、帰りたいです……」
　告白のあと、いつもと違う言葉。
　走り去ることはしない。
　俺をチラチラと見ては恥ずかしがっているのか、顔を赤く染めて俯いてモジモジしている。
　なぜか俺まで顔が熱くなってしまう。
　こいつのが移ったのかもしれない。
「……いいよ」

「ほ、ほんとに？　やった一！」
大袈裟(おおげさ)に喜ぶ長谷部に、自然と頬が緩む。
「わたし、持田くんが大好きです！」
「ありがとう」
「うわっ……か、彼女にしてください!!」
「……頑張れ」
俺の言葉に長谷部がパァッと明るい笑顔を向ける。
……こういうのも悪くない。
まだ、自分の気持ちに追いつかないけど、また新しいスタート地点に立った気がする。
「はい！　絶対に持田くんを落として彼女にしてもらいます！」
きっとこれは、新たにはじまる恋の予感——。

これからも2人

【志貴side】

伊都と付き合ってから毎日のように一緒に帰る放課後。

俺は部活に入ってないし、伊都の家庭科部は活動少ないしでお互いに時間が空いている。

伊都といちばん仲がいい今井さんは部活だから、放課後は伊都を独占できる。

いつものように手を繋いで歩きだす。

校内では嫌がるくせに、校門を出て少しすれば伊都から手を繋いでくれるのが実はすごくツボだったりする。

俺の彼女は本当にかわいい。

「なぁ、伊都」

「んー?」

今日は金曜日で明日は学校が休み。

思えば伊都と付き合ってから、どこか遠くへ遊びに行くということをしたことがない。

せっかくの休みだし、遊園地なり水族館なりベタなデートもしてみたい。

と、俺は思うんだけど、これって普通女子のほうが思うもんなんじゃないの?

伊都からは一度もそんな単語が出たことがない。

「明日休みだしどっか行かない?」

繋いでいる手をギュッと握り、伊都を見る。

　唐突な誘いに一瞬ポカンとした表情を浮かべたけど、すぐに笑顔になる。
「いいよ」
「ほんとに？　じゃあ、ゆう……」
「おっちゃんに会いたい！」
「……は？」
「文化祭の前に行った以来あの味が忘れられなくて。でも私１人じゃなんか行きにくいなって思ってたんだ！」
　ちょ、それマジで言ってんの？
　伊都ちゃん、勘弁してくださいよ……。
「いや、明日はどっか遠くに……」
「おっちゃんにずっとレシピを聞きたかったの。志貴が一緒なら行きやすいしね」
　いつでも行けるカフェなのに、休みの日にわざわざ行く意味ないよな？
　なんなら今からでも行けるし。
　そう思ったけど、うれしそうに頬を緩ませる伊都を見ると何も言えなくなってしまった。
　まぁ、伊都が喜んでるなら別にいいか。
　俺は伊都の笑顔にとことん弱い。
「何食べようかな？」
「新作が出てたよ。抹茶のケーキ」
「え、楽しみ！」
　俺は伊都と一緒にいられるのが楽しみだよ。
　毎日いるのにほんとに飽きない。

テンションが上がっている伊都を見ると、つられて頬が緩んだ。

次の日。
昼前くらいに伊都の家まで迎えに行く。
俺らは基本的に待ち合わせをしない。
待ち合わせしたとして、それまでの道とかで伊都が他の男に絡まれたりしたら嫌だからという理由で事前に対策している。
自分でも気持ち悪いほど過保護だって思うけど、それくらい伊都は大切だし心配なんだよ。
なんだかんだ危なっかしいし、隙がありすぎるからね。
最初は遠慮したのか迎えに来てもらうのを拒んだりしてたけど、そこは俺が押しきった。
譲れない部分はいくら伊都でも譲れない。
とりあえず、いつもふらふらしてた俺をこんなに夢中にさせるんだから、きっちり責任は取ってもらいたい。
伊都のことを考えながら、もうすぐつくと連絡を入れた。
「あ、志貴ー！」
伊都の家が見えてきたころ、その前にいた人物が俺を呼ぶ。
俺を見つけるなりパアッとかわいい笑顔を向け、手を軽く振りながら小走りで近づいてくる。
……何このかわいすぎる子。
内心ドキドキしながら立ち止まり、伊都が俺の元に来るのを見守る。
「待ってたん……むっ……」
　目の前で止まって俺を見上げる伊都はお世辞とかじゃなくて、本当に天使に見えて思わずすぐに抱きしめる。
　そのせいで少し苦しそうな声を上げたけど、そんなの知らない。
　強く抱きしめていると、俺の腕の中でもぞもぞ動きだす伊都。
　仕方なく腕の力を少し緩めると、バッと顔を上げた。
「苦しい!!」
　怒ったように、でも少し照れくさそうに言う伊都は本当にかわいくて仕方ない。
　かわいいとしか表す言葉が見つからないのがもどかしいほどに。
「ね、離れよ？　てか離れて」
「もうちょい……」
「離れろ？」
　俺の好きな少し高めの声で、荒い言葉が紡がれる。
　他の人には、そんな言葉づかいはしないのを知っているから。
　俺は楽観的だから、それは伊都が心を許してくれているって受け取るよ。
　しぶしぶ伊都から離れると、頬を膨らませて拗ねている模様。
「ご近所さんにこんなところ見られたらどうするの!?　ほ

んとに志貴は……」
　ぶつぶつと小声で文句を言っているけど、気づいているからね？
「照れてんだ。顔、赤いよ」
「なっ！」
「伊都ちゃんは素直じゃないねぇ」
「……バカ」
　顔を背けてボソッと呟く伊都。
　あーもうそういうのがダメなんだって。
　我慢できず伊都の頬に手を添えて、顔を無理やり俺のほうに向けて唇を重ねる。
　軽く触れるだけですぐに離す。
　いきなりだったから驚いたのか、固まる伊都を見てふっと笑いをこぼす。
「そろそろ行こうか」
　伊都の手を取り歩きだす。
　無抵抗で引っ張られるがままに歩いていた伊都が急に繋いだ手に力を込める。
「最悪。外だよ？　家の前だよ？」
「伊都が悪い」
「私は何もしてないよ！　元はと言えば志貴が……」
「俺への文句は聞き飽きたから、まだ言うならその口を塞いじゃおうかな」
「っ……」
　伊都を振り返れば、意味を理解したのかすぐに口を閉じてしまった。
　残念。
　まだ足りなかったのに、別の機会にお預けか。
「……志貴ってほんとイジワル」
「伊都がかわいいんだから仕方ないよね」
　そう言えばまた頬を赤く染める。
　いちいち反応がかわいすぎるから、イジワルしたくなるのは必然だ。
　伊都の全部が俺の心を揺さぶる。
「もう行こう！　早く行こう！」
「はいはい」
　今度は伊都が俺を引っ張って歩きだす。
　この行動が照れ隠しということも、伊都といつも一緒にいたからとっくに気づいている。
　にやけそうになる顔を押さえながら、今日の目的であるおっちゃんのカフェに行く。
　伊都はさっきまで拗ねていたはずなのに、カフェにつくころにはもう機嫌がいい。
　こういう単純なところはやっぱり心配だけど、そんな伊都も嫌いじゃない。
　むしろ、すごく好き。
「久しぶりだね！　私のこと忘れてないかな？」
「伊都のことは忘れないって」
「え？」
　だってこんなに目を引く女の子、そうそういないし。

　そんな会話をしながらドアを開けるとドアベルが鳴る。
　おっちゃんがその音に反応して顔を覗かせた。
「お、志貴じゃん。と、その隣は伊都ちゃんだね？　久しぶり」
「おっちゃん！　覚えてた!!」
「ははっ。当たり前だよ。俺、かわいい子は一度見たら忘れないからね」
　そりゃそうだけど、他の男に言われるのは、なんかめっちゃ嫌だな。
　心が狭いとは思うけど、伊都が俺以外の男に褒められるとおもしろくない。
「まあ入って入って」
　おっちゃんに案内されて奥のほうの席に座る。
　今日は客が数人いるけど、相変わらず店内は落ちついた雰囲気があった。
「２人して来るなんて夏以来じゃん。何、進展あった？」
「前に言ったとおり、伊都が俺の彼女になった」
「ちょっ！」
「あのときはまだだったのに、伊都ちゃんはついに落とされたわけだ」
「おっちゃん……その言い方やめてよ」
「伊都ちゃん照れてるんか。志貴も頑張ったな」
「ほんと頑張ったよ、俺」
　そこは否定しない。
　今まで生きてきた中で、いちばん頑張ったんじゃないかって思う。
　いつもは適当にしとけばなんだかんだ結果はついてきたけど、伊都はそんな簡単じゃなかったな。
「うわー、にやけちゃって嫌になるわ。早く注文しろ」
「私オムライス！　デザートは抹茶のケーキでお願いします！」
「かしこまりました。志貴は？」
「和風ハンバーグ」
「デザートは？」
「ガトーショコラ」
「いっつもそれしか頼まないよな」
　豪快に笑いながらおっちゃんは裏に行ってしまった。
　別に何を頼んでもいいだろ。
　そう思いながら目の前に座る伊都を見ると、ニコニコしている。
「どうした？」
「なんでもないよ」
「顔、にやけてるけど？」
「えへへ」
　くそっ……かわいいな。
　ふにゃっと頬を緩める伊都はやばい。
　今すぐにでもオオカミに変わってしまいそうになる自分をなんとか抑える。
　店を出たら覚えてろよ。
「はい、オムライスに和風ハンバーグ。ケーキは食べ終わったころに持ってくるから」
「ありがとうございます」
「あざーっす」
２人して運んでもらった料理を食べはじめる。
ゆっくりしゃべりながら他愛もない話をするけど、この時間は何気に好きだったりする。
それから食後のデザートの俺はガトーショコラ、伊都は抹茶ケーキを食べる。
おいしそうに、ほっぺに手を添えて幸せそうな顔をする伊都。
「あれ？　今回は、あーんってしてくれないの？」
「なっ！　もうしないよ」
「俺、それ食べてみたいんだけどなぁ……」
チラッと見ると、伊都は少しの間考えるようにフォーク片手に固まる。
ムスッと口を尖らせながらも、俺のほうに一口分の抹茶ケーキの乗ったフォークを差しだす。
前は無理やりだったくせに、今はこうやって恥じらいながらもしようとしてくれるなんてさ。
俺は口を開けて抹茶ケーキを食べる。
「んまっ」
「ね。おいしいよね!!」
俺の反応を見て、さっきの表情はどこへやら。
おいしいものは共有したい、っていう伊都の性格が顔に表れた。

ケーキの感想を言いはじめる伊都を、頬杖(ほおづえ)をついて見つめる。
「伊都ってツンデレだね？」
「へ？」
不思議そうに首を傾げる伊都の口元に俺もガトーショコラを運んだ。
再び幸せそうな表情をするから、それを見るだけで俺も幸せな気持ちになった。
食べ終わったあとは伊都が言っていたとおり、おっちゃんにレシピを聞いていた。
極秘とか言いつつ伊都に教えているんだから、このおっちゃん大丈夫か、と思ってしまう。
「すいませーん！」
「はい！　少々お待ちください。じゃあこれくらいでいいかな？」
「うん、おっちゃんありがとう！　また来るね」
「いつでもおいで、毎日おいで。志貴なんかほっといて伊都ちゃん１人でも来てね」
「絶対来させない」
「志貴は独占欲強いな。まぁこんなかわいいとそうなるか」
そのとおりなんだけど、他の男がかわいいって言うとやっぱり複雑な気持ちになる。
やっぱり俺って心狭いわ。
でも、そのくらい好きなんだから仕方ないよな。
「じゃあ、おっちゃんまた」

「おう、今度はゆっくり２人の話を聞かせろよ」
「絶対やだ」
「おっちゃんまたね～！」
「またねー。ありがとうございました」
　会計を手早く済ませて店を出る。
　これからどうするかなー。
　そう考えていると、見覚えのある人物が目の前からやってくる。
「あ、京ちゃんだ」
　伊都はいつも幼なじみを見つけるたびに名前を呼ぶ。
　きっと癖になっていて、無意識なんだろうけど。
「おう」
「京ちゃんあららー？」
　伊都がニヤニヤしているわけ。
　それは隣に女の子がいるからだろう。
　最近よく告白されている場面を見ていたけど、なんだかんだいい感じに進んでいるみたいだ。
「うっせ」
　伊都の頭を軽く小突く幼なじみにムッとすると、俺をチラッと見てきた。
　そのままふっと鼻で笑われる。
「京ちゃんムカつく」
「お前に京ちゃんって呼ばれたくない」
「京ちゃん京ちゃん」
「うぜぇ」

顔を歪める幼なじみに今度は俺が鼻で笑ってやる。
伊都にとって幼なじみが大切な存在ということは一生変わらないんだし、もうそれでもいいと思う。
「早く行けよ」
「言われなくてもそうしますー。伊都、行こっか」
「あ、うん。京ちゃんまたね。楽しんで」
「ん、伊都もな」
２人が手を振り合ってすれ違う。
きっとこれからもお互い大切な存在なんだろう。
「長谷部も行くぞ」
「あ、はい！」
「もっと普通に歩けよ。何わざと小股にしてんの」
「だってちょこちょこ歩くのって女の子っぽくないですか？」
「そんなの求めてないから」
後方で２人の会話が小さく聞こえた。
仲よさげに話していて、伊都もそれが聞こえたのか微かに笑っている。
「京ちゃんが幸せそうでよかった」
優しい声音で言う伊都は心から幼なじみの幸せを願っているみたいで。
今もなお、そこまで想われている幼なじみは正直うらやましいし嫉妬もする。
でも、不安に思うことはない。
「伊都は？　幸せ？」

俺の突然の質問に一瞬目を見開くけど、すぐに柔らかい笑顔を向けてくれる。

「もちろん、幸せだよ！」

満面の笑みで答えてくれる伊都に、嘘がないとわかるから。

どれだけ幼なじみが大切な存在だとしても、俺のことを想ってくれていることが伊都からは伝わる。

手を引き近くの公園に入る。

休日だから、家族連れや子どもだけで遊ぶ姿が目につく。

遊具からは少し離れた木の下まで連れてきて、伊都と向かい合う。

「志貴？」

不思議そうに、でも真っ直ぐに俺を見つめる瞳に吸い込まれそうになる。

ゆっくりと頬に手を添えれば、恥ずかしそうに頬を赤く染めた。

少し潤んだ瞳は俺から目をそらさない。

この真っ直ぐな瞳を向けられると、伊都は俺のことを好きなんだって実感できるんだ。

透き通っていてキレイで、伊都しか見えなくなる。

「伊都……」

顔を少し上げさせて、少しずつ顔を近づけていく。

だけど、伊都は拒むように顔を背けようとする。

「ダメっ……人いっぱい……」

「無理……もう限界」
「んっ……」
　伊都の拒否の言葉も、のみ込むように口づける。
　最初は少しの抵抗をみせていたけど、だんだんと俺に身を預けてくれる。
　そんな伊都が愛しくてたまらず、何度も繰り返し唇を重ねた。
　会ったときからずっと我慢してたんだから、そう簡単に止められるわけがない。
「し、き……んっ」
　苦しそうに俺の名前を呼ぶから、しぶしぶ離す。
　するとすぐに俺に抱きついてきて顔を埋める。
「伊都？」
　ギューッと背中に回る腕に力が入るのがわかる。
　俺もそっと伊都の背中に手を回し抱きしめ返す。
「伊都、どうした？」
　問いかけても無言。なんの反応も示さない。
　さすがにやりすぎたかな？
　ちょっとだけ不安になり、引き離して顔を見ようとするけどもっと強く抱きしめてくる。
「顔、見せてよ」
「……やだ。今、絶対真っ赤。なんか志貴にドキドキしすぎて心臓が痛い」
　そんなこと言われたら、余計に見たくなるじゃん。
　伊都はわかってないなぁ。

「ちょ、ダメだって……」
「ふっ。かわいい」
　無理やり体を離して顔を合わせると、伊都が言ったとおり真っ赤だった。
「何回しても慣れないね？」
「たぶん一生慣れない気がする……」
「そっちのほうがうれしい」
　ずっと俺にドキドキしてたらいいよ。
　俺の言動に一喜一憂する、いろんな伊都を見たいから。
「ね、今日なんでおっちゃんのカフェ行きたかったの？　俺、伊都と遠くに出かけたことなかったから、遊園地とか水族館とか行こうと考えてたのに。そういうの好きじゃないの？」
「え？　好きだよ」
「じゃあなんで？」
「だって志貴って、そういうの好きそうじゃないし」
「普通に好きだよ」
　てか、けっこう好きだよ。
　ジェットコースターも乗るし、コーヒーカップだって乗れる。
　イルカと触れ合いたいし、餌(えさ)やり体験だって全然やるし。
「ふふっ、じゃあ次は遊園地に行こうか？」
「行く！　けど、なんで笑ってんの？」
「志貴がかわいいなって思って。意外にテンプレデートしたいんだね」

　おかしそうに笑う伊都はかわいいけど、それはうれしくないから。
　男にかわいいは禁句だよ？
「ベタなのさせてよ。伊都もそういうのが好きなくせに」
「好きっちゃ好きだけど、私は志貴がいればなんでも楽しいしそれ以上は望まないよ」
　ほんとこの子は……思わずキュンとしたじゃん。
「望まない……けど、これからも志貴と一緒にたくさんの時間をすごして、幸せな思い出を作っていけたらいいなって思うよ」
「ん」
「だからこれからも２人。仲よくしていこうね」
「当たり前」
　一生一緒とかそんな不明確なことはまだ言わないけど、これから先も一緒にいたいと思うのは伊都だけだよ。
　伊都のことを好きになった瞬間から、もう俺はこの子から目が離せない。
「伊都には俺しかありえないから」
　ちゅっと軽く口づければ、恥ずかしそうにほほ笑む伊都。
　完全に溺れてしまったこの恋は、これからたくさんの時間をかけてかけがえのない幸せを手に入れる。
　そんな甘すぎる未来の予感がした。

FIN.

あとがき

☆afterword

こんにちは、まは。です！

このたびはたくさんの書籍がある中、『だから、俺にしとけよ。』を手に取ってくださりありがとうございます!!

私にとって２冊目の文庫本になりますが、いまだ実感もなく不安とドキドキでいっぱいです。

この作品は三角関係をメインに書かせていただきました。

「主人公が、どちらとくっつくのかわからない」というのを目標にして、志貴と京介には頑張ってもらいました。

タイプの違う２人の男の子はいかかでしたか？

私はマンガが大好きで少女マンガもよく読むのですが、基本好きになるのは当て馬ばかり…。

だから、王道の少女マンガなら当て馬になってしまうであろう志貴とハッピーエンドにしよう！　と、書きはじめた当初から決めていました。

だけど、いざ最後まで書くと今度は京介に情が入ってしまい悲しくなったり……きっと報われないポジションに魅力を感じたりしてしまうんですよね（笑）

大好きな子の幸せを一番に願うなんて、なかなかできることではないけど、そのくらい想う相手がいるということは素敵なことですよね！

なので、番外編で京介が一歩踏み出すお話を入れることができてよかったです。

また、三角関係の醍醐味(だいごみ)ともいえるヒロイン、伊都の気持ちの変化や揺れる想いを感じ取ってもらえれば嬉(うれ)しい限りです。

他にも私の好きなものを作中に登場させたりと、少しの遊び心も含んだこだわりある１冊と仕上げました。

最後に、今回再びこのような素敵すぎる機会をいただけたのも、今まで応援してくださった方々のおかげです。

ありがとうございます！

書籍化にあたり、とてもお世話になった担当の相川様、酒井様。

もったいないほどの、かわいすぎる表紙や挿絵を描いてくださった奈院ゆりえ様。

この本に携わってくださった皆様、スターツ出版の方々。

そして今、最後の最後まで読んでくださっているあなた様。

作品を通し、こうして出会えた皆様に心からの感謝を送ります。

拙(つたな)い文章ではありましたが、少しでも心に残る部分があればこれ以上の幸せはありません。

皆様に最大級の想いを込めて。

2017.5.25　まは。

この物語はフィクションです。
実在の人物、団体等とは一切関係がありません。

まはｏ先生への
ファンレターのあて先

〒104-0031
東京都中央区京橋1-3-1
八重洲口大栄ビル7F
スターツ出版（株）書籍編集部 気付
まはｏ先生

だから、俺にしとけよ。

2017年5月25日　初版第1刷発行

著　者　まは。

発行人　松島滋

デザイン　カバー　金子歩美（hive&co.,ltd）

フォーマット　黒門ビリー&フラミンゴスタジオ

DTP　朝日メディアインターナショナル株式会社

編　集　相川有希子　酒井久美子

発行所　スターツ出版株式会社
〒104-0031 東京都中央区京橋1-3-1　八重洲口大栄ビル7F
TEL 販売部03-6202-0386（ご注文等に関するお問い合わせ）
http://starts-pub.jp/

印刷所　共同印刷株式会社

Printed in Japan

ISBN 978-4-8137-0256-6　C0193

ケータイ小説文庫　2017年5月発売

『新装版　狼彼氏×天然彼女』ばにぃ・著

可愛いのに天然な実紅は、全寮制の高校に入学し、美少女しか入れない「レディクラ」候補に選ばれる。しかも王子様系イケメンの舜と同じクラスで、寮は隣の部屋だった‼　舜は実紅の前でだけ狼キャラになり、実紅に迫ってきて⁉　累計20万部突破の大人気作の新装版、限定エピソードも収録‼

ISBN978-4-8137-0255-9
定価：本体 590 円＋税

ピンクレーベル

『あたしのイジワル彼氏様』みゅうな*・著

高２の千嘉の初カレは、イケメンでモテモテの恭哉。だけど彼は、他の女の子と仲よくしたり、何かとイジワルしてくる超俺様彼氏だった！　本当に付き合っているのか不安になる千嘉だけど、恭哉はたまにとびきり甘くなって…⁉　最強俺様イジワル彼氏に振り回されっぱなしのドキドキラブ♥

ISBN978-4-8137-0257-3
定価：本体 590 円＋税

ピンクレーベル

『新装版　この涙が枯れるまで』ゆき・著

高校の入学式の日に出会った優と百合。互いに一目惚れをした２人は付き合いはじめるが、元カレの存在がちらつく百合に対し、優は不信感をぬぐえず別れてしまう。百合を忘れようと、同じクラスのナナと付き合いはじめる優。だけど、優も百合もお互いを忘れることができなくて…。

ISBN978-4-8137-0258-0
定価：本体 600 円＋税

ブルーレーベル

『星の涙』みのり from 三月(さんがつ)のパンタシア・著

友達となじめない高校生の理緒。明るくて可愛い親友のえれなにコンプレックスを持っていた。体育祭をきっかけにクラスの人気者・颯太と仲良くなった理緒は、彼に惹かれていく。一方、颯太はある理由から理緒のことが気になっていた。そんな時、えれなが颯太を好きだと知った理緒は…。

ISBN978-4-8137-0259-7
定価：本体 590 円＋税

ブルーレーベル

ケータイ小説文庫　好評の既刊

『漆黒の闇に、偽りの華を』　ひなたさくら・著

ある人を助けるために、暴走族・煌龍に潜入した茉弘。そこで出会ったのは、優しくてイケメンだけどケンカの時には豹変する総長の恭。最初は反発するものの、彼や仲間に家族のように迎えられ、茉弘は心を開いていく。しかし、茉弘が煌龍の敵である鷹牙から来たということがバレてしまって…。

ISBN978-4-8137-0238-2
定価:本体 640 円＋税

ピンクレーベル

『好きなんだからしょうがないだろ?』　言ノ葉リン・著

三葉は遠くの高校を受験し、入学と同時にひとり暮らしを始めた。ある日、隣の部屋に引っ越してきたのは、ある出来事をきっかけに距離をおいた、幼なじみの玲央。しかも彼、同じ高校に通っているらしい！　昔抱いていた恋心を封印し、玲央を避けようとするけれど、彼はどんどん近づいてきて…。

ISBN978-4-8137-0239-9
定価:本体 590 円＋税

ピンクレーベル

『俺の言うこと聞けよ。』　青山そらら・著

亜里沙はパン屋のひとり娘。ある日、人気レストランのベーカリー担当として、住み込み修業してくるよう告げられる。そのお店、なんと学年一モテる琉衣の家だった！　意地悪で俺様な琉衣にお弁当を作らせられたり、朝起こせと命じられたり。でも、一緒に過ごすうちに、意外な一面を知って…？

ISBN978-4-8137-0224-5
定価:本体 590 円＋税

ピンクレーベル

『俺のこと、好きでしょ?』　＊メル＊・著

人に頼まれると嫌と言えない、お人好しの美月。その性格のせいで、女子から反感を買い落ち込んでいた。そんな時、同じクラスのイケメンだけど一匹狼の有馬くんが絵を描いているのを見てしまう。美しい絵に心奪われた美月は、彼に惹かれていくが、彼は幼なじみの先輩に片想いをしていて…。

ISBN978-4-8137-0223-8
定価:本体 580 円＋税

ピンクレーベル

恋するキミのそばに。

野いちご文庫創刊！

可愛いカラーマンガつき！

365日、君をずっと想うから。

SELEN・著

本体：590円＋税

彼が未来から来た切ない理由って…？
蓮の秘密と一途な想いに、
泣きキュンが止まらない！

イラスト：雨宮うり

ISBN：978-4-8137-0229-0

高２の花は見知らぬチャラいイケメン・蓮に弱みを握られ、言いなりになることを約束されられてしまう。さらに、「俺、未来から来たんだよ」と信じられないことを告げられて!?　意地悪だけど優しい蓮に惹かれていく花。しかし、蓮の命令には悲しい秘密があったー。蓮がタイムリープした理由とは？　ラストは号泣のうるきゅんラブ!!

感動の声が、たくさん届いています！

こんなに泣いた小説は
初めてでした…
たくさんの小説を
読んできましたが
1番心から感動しました
／三日月恵さん

こちらの作品一日で
読破してしまいました（笑）
ラストは号泣しながら読んで
ました。°(´つω·`。)°
切ない……
／田山麻雪深さん

1回読んだら
止まらなくなって
こんな時間に!!
もう涙と鼻水が止まらなく
息ができない(涙)
／サーチャンさん